U0101371

目录

前 言

　　人到晚年常常会回忆起从前，或许是因为他们最美好的时光已经成为过去。近些年，我总是沉浸在对往事的追忆里，特别是在失去老伴、大儿子两位亲人之后，我更是不时地陷入孤独，脑海中浮现出许多昔日的片断。

　　我曾有过快乐的童年。我的母亲在那个年代就敢于冲破封建家庭的枷锁，勤劳奋斗，创造未来，她影响了我的一生，让我非常敬佩。我是医生，我热爱这治病救人的事业，为此必须投入很多的时间和精力。工作繁忙使得我不能像其他母亲一样来关爱和呵护自己的孩子，我为家庭付出的不够，对丈夫和儿子的关爱也少了很多，为此常感到内疚。所幸我有位好丈夫，儿子们也让我欣慰，他们对我的工作十分支持。我有两个儿子，小儿子是王朔。

　　在我七十多年的人生中，从国家到个人都历经沧桑。我有过幸福生活，也体会过与亲人生死两隔的悲伤。我产生了把一生写下来的想法，给后代留下一段真实的历史，也让他们了解到先辈曾经走过怎样的路。虽然我不是专业的写作者，身为医生的我也只读医学书籍，很少看小说。小儿子王朔得知我的想法以后，送来《安吉拉的骨灰》等几本书，他希望我多看书，提高写作水平。

　　如今回忆录已完成。母亲影响了我的一生，我也时常想起她的一生和她对我的母爱。就让我从母亲说起。

第一章　听妈妈说往事

当时是19世纪末，我的母亲出生在辽宁凤凰山脚下的一个雇农家庭里。我的姥爷是个爱抽水烟袋、身材高大的东北汉子，以给刘员外家侍弄菜园子为生。他干活卖力，时常得到员外的夸奖。我的姥姥是农家妇女，朴实守旧，少言寡语。我的母亲是她最疼爱的独生女。

刘员外家有个大院子，院子里有很多间房子。他们家人丁不旺，大太太没有生育。刘员外又讨了个小老婆，终于生了个胖小子，可算有了个延续香火的后人。

大太太没有孩子，看到给他们家种菜的我姥爷有个独生女，就想认做干闺女。她找到姥爷一说，姥爷当然愿意，姥姥和我母亲也愿意认这门干亲。很快姥爷带着我母亲去见了大太太，叫了干妈。从此大太太常喊我母亲去她家玩耍，以亲闺女相待。我听母亲说，她的那位干弟弟，也就是刘员外小老婆的儿子，也是个独生子。

姥爷那时很开明，他曾想让女儿念书识字，还告诉姥姥不许给女儿缠足。但姥姥还是趁姥爷不在时逼女儿把脚缠上了，那时我母亲才五岁。后来在姥爷坚持下姥姥答应给女儿放脚，但是压折的脚趾骨已经无法回复原位。

该说说我爷爷了。爷爷人缘好又读过私塾，是丝绸商人，在城里与人合开了一家绸缎庄，做经理，生意还算兴旺。爷爷家住在凤凰城的一个大四合院里，他平时在城里做生意，年节才回家，家事由奶奶掌管。奶奶曾经是位秀丽的女子，后因患眼疾双目失明，变得心地狭小。他们生育了两个儿子、两个女儿。

爷爷家的家规是给大儿子一笔资金去外地经商，二儿子则要出去自己闯天下。我的大伯拿着爷爷给的钱去外地做生意，我聪明能干的父亲排行老二，读完书后做学徒，还学了日语，十八岁时由爷爷安排去了日本大阪，在华侨开的客栈给国内来日本采购的商人当翻译。到日本后我父亲很快学会了一口地道的大阪话，还替商人们书信联络、发运货物、记账等。为了生意上的方便，他编过电报密码簿，也在日本商行兼职推销过布匹。他还是一名优秀的会计。记得小时候我们几个孩子和父亲比算术，我们用算盘算，他口算，结果父亲比我们算得还快还准。

几年后，特别是我的大伯结婚后，爷爷为我父亲的婚事颇动了一番脑筋。爷爷和刘员外都是凤凰城的乡绅，两人有些交情。刘员外得知我爷爷正给二儿子找媳妇，他想到了大太太的干女儿——我的母亲，于是他找到我爷爷说起这门亲事，爷爷觉得合适，刘员外把这件事告诉我姥爷后，姥爷也愿意。在约定的日子，姥爷带着女儿在刘员外家和我爷爷见了面，婚事就此敲定了。

父亲二十岁时从日本回国结婚，那时母亲二十四岁。母亲的娘家虽然穷，但也没有委屈这个独生女，她的干妈尽量把嫁妆准备得能拿得出手。据母亲回忆，他们的新房在正房，挨着我爷爷奶奶的房间。当她见到我父亲是一位英俊又有礼貌的小伙子时，对这门婚事感到心满意足。

婚后不久，父亲便回日本做事去了。母亲每天要给全家做饭，饭菜做好摆在桌子上，味道若不合意，就会被婆婆骂一顿。大家吃完饭，母亲再把剩饭剩菜端回厨房，剩下什么就吃什么。就是这样端茶倒水伺候婆婆，我母亲还要常常挨罚，她时常委屈地躺在炕上暗暗落泪，更加思念远方的丈夫。

转眼间到了腊月，快过年了，全家上下都在忙活：挂红灯笼、买鞭炮、做年饭、做新衣。在外做事的爷爷、大伯、父亲将要陆续回家来。母亲心中暗自欢喜，干起活来也起劲许多。

爷爷回家那天，家里的气氛祥和起来，连奶奶也变得和气了。过些天，大伯和父亲也带着年货先后回来。父亲提着从日本带回的礼物和姑姑们走进院子，母亲坐在自己屋里，透过窗户看到丈夫满面春风地走向婆婆的房间……她焦急地等待着。

男人们的归来是家里难得的团聚。厨房里的炸炒声，姑娘媳妇们的嬉笑声，驱走了这个大院一年来的沉闷。母亲的心在欢乐和苦闷中回荡，她把到嘴边想和丈夫说的话咽了又咽，好在还是说了出来。父亲听到母亲一年来的委屈，心里很不是滋味。他心疼妻子，劝她有什么烦恼就给他写信。母亲没念过书，不识字，就要丈夫教她注音，好用注音写信。

一个月的假期里，父亲耐心地教母亲学注音，她学得很快。他们在过年期间还去我姥爷姥姥家、母亲的干妈家拜年，也见了母亲正在北大读书的干弟弟，刘员外家的少爷。他叫刘澜波，已经成长为血气方刚的进步青年了。

新年过去了，爷爷、大伯、父亲都陆续离开了家。父亲离家前告诉妻子，他在很多信封上写好了地址、贴好了邮票，只要她写好信寄给他就行了。临走那天，父亲向奶奶和家人一一道别，母亲站在一旁，一切都在不言中。

母亲望着丈夫远去的身影站了很久，她感到异常孤独。接下来的日子，母亲常常一边干活，一边回忆和丈夫共度的时光。她的小姑走上前去问："二嫂想什么呢？二哥都走了，你还没把心收回来呀？"

母亲没理她。奶奶听了小报告后，立即召集媳妇们训话。母亲和大娘到了奶奶房间，奶奶板着面孔说："年已经过完，都要把心收回来，好好干活，谁再偷闲，别怪我不客气。"这话像一瓢冷水泼过来，母亲的心又凉了。

过了些天，母亲感到身子乏力，恶心，不想吃东西，大娘发现后高兴地说："弟妹呀，你这是有喜啦！"

母亲虽已怀孕，但婆婆像没那回事一样，重活累活照样让她干。日子一天天地过去，母亲面色苍白，身体愈来愈弱。第一胎生了个丫头，奶奶知道后不怎么高兴。由于母亲劳累，营养又没跟上，孩子生下来就小，先天营养不良，加上产后奶水少，孩子几个月后便夭折了。母亲悲痛不已，就给丈夫写信。父亲回信安慰她说，以后还会有很多可爱的孩子的。

这样的日子伤透了母亲的心，她想离开这个家，哪怕出家当尼姑。她也曾有过轻生的念头，但又觉得对不起自己的丈夫和父母。她不知道如何是好，在极度苦闷中寻找出路。

这时她想起了干弟弟刘澜波，便向他诉说了自己的遭遇。干弟弟听了非常气愤："这些年你真是太苦了，只有逃离这个封建家庭，你才能获得自由。"母亲是位刚强的女人，她早渴望能有这么一天。离家出走，这在当时对于旧式家庭里的女人来说是天大的叛逆，可母亲顾不了那么多，她对干弟弟说："我就是要逃离这个家！"

干弟弟出主意："先给姐夫写封信商量一下，让他把你接走。"母亲于是就请干弟弟给丈夫写信。

两个月后，在正房屋里，我的爷爷奶奶盘腿坐在炕桌旁，我的父亲和母亲站在他们面前。

"爹，妈，我这次请假回来打算把她接走，我在那边做两份工作，很忙，想让她过去帮帮我……"

奶奶打断他："娶来的媳妇应该侍奉公婆，生养小孩，哪有由着性子想怎么就怎么的？"

父亲说："过段时间她再回来侍奉您老人家。"

奶奶把头一扭："不行！"

爷爷说："这事来得太急，大家都再想想吧！"

"可是回去的船票已经买好了。"父亲很坚持。

突然间，奶奶把烟袋锅往地上摔去，当啷一声砸到地砖上，接着就拍着炕桌，嗓门高起来："像什么话呀，丢死人了，开古到今没见过媳妇离开公婆跟男人独自过日子的。"

父亲把烟袋锅捡起来，用手抹了一下，放到炕桌上。

夜深人静，正房、厢房的油灯都灭了，家人都睡着了。父亲母亲按照与干弟弟商量好的计划，悄悄走出院子，坐上干弟弟安排的马车。车夫扬起马鞭，马蹄哒哒踏在被小雨打湿的石板路上。车里的三个人都没说话，父亲感到妻子在不住地哆嗦，母亲心中则很茫然：这一去，未来将会怎样？

三人下了马车，这里是县城的小火车站。"姐，姐夫，我就送到这里，你们保重，到那边写信给我。"火车徐徐开动了，母亲、父亲隔着车窗朝干弟弟招手，他们何时还能再见呢？

快三十岁的母亲从未进过县城，也没坐过火车。惊魂未定的她坐在丈夫身旁，心中略感轻松。她把从家里带来的蓝印花布包放在坐椅上，里面只有几件换洗衣服。不知不觉，火车到站了。他们从釜山码头登上轮船，驶往日本。

上船后，母亲跟着丈夫进了三等舱，望着窗外一望无际的大海，想到干弟弟的开导和鼓励，母亲心里踏实了许多，她希望与身边的丈夫相伴一生。出嫁那天她和他虽然不相识，蒙着盖头嫁到了婆家，但她觉得自己嫁对了人。这个男人虽然个子不高，话也不多，但浓眉大眼，温文尔雅。母亲看着身边的丈夫，想到他对自己的关爱，不禁生出一丝得意。想起那个蓝印花布包里还放着他瞒着娘偷偷送给她的洋胭脂、小镜子，一股暖流冲上了母亲心头。丈夫坐在她的身边，轮船在碧浪中前行。

"往后咱们要自己过了，我得努力干活让你过上好日子。"

"我还要再生一个孩子……"想起伤心事，母亲潸然泪下。

"一定，一定。"

船舱外面是碧蓝无边的大海，天连海，海接天。

母亲回忆起，下船后，日本下关的海关人员曾审视她好久，他们对她缠过足的小脚左看右看，流露出对中国人的轻蔑。

那时还是上个世纪20年代初，我的父母从中国北方小城来到日本的繁华商业都市大阪，一边是饱受战乱的贫穷祖国，另一边是明治维新后已进入发达国家行列的日本，反差太大了。在唐朝，落后的日本曾派出成千上万的人到中国留学，而今中国人却要到这里学习、求生，实在令人感慨。

两个年轻人在日本打拼实在很不容易。父亲在大阪闹市区租了间只能放下八张榻榻米的小屋，买了几件便宜的家具，这就算是安了家，从此开始了他们的异国生活。

母亲脑子灵活，悟性好，跟着丈夫每天晚上学日语，学一点用一点。刚去日本时收入微薄，要节省开支才能维持家计。在日本吃什么便宜？当然是吃海鱼了。母亲不买价钱较贵的肉类，邻居们发现她从未烧过有肉的菜，便询问缘由，母亲便说自己信佛不吃肉，以此掩饰生活的窘迫。

为了生存，母亲给没带家眷赴日的华人洗熨衣服，每天也能有点儿收入，有时还手工为人缝制衣服。父亲买了一台手摇缝纫机（这台八十多岁的缝纫机至今还在），母亲用它来缝制衣服，又快又好，也不再洗衣烫衣了。她心灵手巧，裁缝手艺好，式样新，附近的华人多来找她做衣服。她经常不分白天黑夜地为顾客赶制，生意很不错。

父亲除了白天接待国内商人、翻译陪同等工作，又找了一份兼职晚上做会计的工作。为了自己的小家能有更好的未来，他们总觉得有使不完的劲。

一天晚上，父亲问妻子："你想老家吗？"

"想，怎能不想呢？我爹娘都老了，身边连个照顾的人都没有。你爹娘也老了，虽说婆婆伤了我的心，但我出走也是没尽孝道……哎，你猜我还想老家的什么？"

"什么？"

"煎蚕蛹，冰糖葫芦。"

父亲会意地一笑："睡觉，睡觉，再说下去我的馋虫要爬出来了。"

一年下来，他们也有了些积蓄。除夕夜，小两口像在老家一样换上新衣，做年夜饭，母亲戴着丈夫送给她的新年礼物——价格不菲的蓝宝石戒指，看来我的父母年轻时也像所有年轻人一样喜欢浪漫。母亲也注意打扮起丈夫来，总是把他的白衬衫洗得干干净净，熨烫平整，让他每天出去上班都西装革履的，就像现在的白领。

不久，母亲又怀孕了。父亲十分高兴，更加发奋，他要为这个小家，为即将来到人间的小生命而努力。

一个大眼睛、黑头发的男孩出生了。父母亲看着襁褓中的儿子，感到一种无法形容的幸福。这个婴儿是他们的希望，父亲深情地望着妻子说："谢谢你给了我这无价之宝。"

母亲月子里，父亲要烧饭、洗尿布，还要上班，多亏当时年轻的他们精力旺盛，身体吃得消。月子过后，母亲又担负起所有家务，好在她奶水充足，儿子长得白胖可爱。

三年后，我也来到了人间。听母亲说，怀我时她的妊娠反应非常剧烈，频繁呕吐，不能进食，像生了一场大病。她甚至有过堕胎的念头，但没舍得。经受了数月的折磨，一个漂亮女婴的出世带给了母亲最好的回报。人们看着年幼的我，开玩笑说："是否错抱了一个洋娃娃回来。"

抚育两个小生命，父母的经济、精力负担都在加重。母亲既要为顾客做衣服，也给我和哥哥做。有一次她仿照商店橱窗里的童装给我做了一件，穿上去谁都以为是买的。到了晚上，我入睡了，她便把衣服洗干净熨好，第二天邻居们都逗着我说："你妈妈也真舍得，一样衣服买好几件。"他们哪里知道女儿白天穿，妈妈晚上洗，第二天穿的还是这同一件衣服。

爷爷接到我父亲的信后，回信倾诉他对儿子儿媳和孙子孙女的想念，他还给我起了名字叫薛来凤，说是盼望我们早日回到凤凰城老家来。

作者两周岁生日时和哥哥在日本大阪合影

我两周岁生日时，母亲领着我和哥哥去照相馆拍照做纪念。她把我打扮好，给哥哥也换上一套呢制的短西裤套服，还戴着一顶博士帽。令人欣慰的是，经过七十多年的风雨，这张照片完好如初。照片上的我坐在椅子上，左手抱着玩具娃娃，右手拽着哥哥衣袖，哥哥张着小嘴站着，像个小傻子。母亲后来告诉我："那天到了照相馆，你坐在椅子上，你哥哥突然不见了，我只好把你丢在那里去街上找他，原来他钻到了别的店里，气得我把他打了一顿，拍照才照成了那个样子。"

在我一岁多的时候，妹妹出生了。日子渐渐宽裕一些后，为了让孩子们开眼界，父母每逢假日便会带上我们兄妹三人去日本的名胜游览。记得全家曾去过奈良旅游，公园里准备了很多喂鹿的食品，鹿儿会

全家在日本奈良
（左三为作者）

从四面八方赶来吃美食，和游人亲近。从照片上看，我和哥哥都是满脸不高兴地撅着嘴，而我甚至吓得要哭。后来我问母亲，她说："正要拍照时，鹿儿跑过来，你们害怕它咬人。其实小鹿是不会咬人的。"

日本是个地震多发的国家，母亲能熟练地应对。当发出地震警报时，母亲首先快速关闭水电煤气，背着妹妹，一手拉着我，另一只手拿起一大包准备好的水和食品往楼下跑，哥哥则跟在后面。在日本，大家对此已经习以为常了。

第二章　回祖国

1931年九一八事变爆发了，在日本的中国侨民为了自身安全，也为了表达抗议，纷纷回国，我的父母也拉家带口漂洋过海地回到了熟悉的土地，再次听到乡音，看到乡亲，去国时两人，归来已是五口之家。

回到祖国，我们都非常兴奋，觉得这里什么都大，院子大，房间大，街道也宽敞。父亲选择在大连安家。大连毕竟是海滨城市，饮食和气候也能让我们适应。父亲租了一栋两层小洋楼，新居的环境比在大阪时要讲究舒适。

接下来父亲就着手和他的好友筹备做生意，他们在大连开了绸缎批发店，不久母亲又给我们生了个弟弟。假日里母亲常带我们去海边玩，哥哥带我们下海，母亲坐在沙滩上看着我们，心中有说不出的幸福。后来，父亲考虑到大连并不是做生意的理想城市，就准备到奉天（后改称沈阳）去。母亲支持他的决定，他便与商业伙伴去了奉天。母亲和我们仍旧留在大连生活。

奉天是个繁荣的大城市，人口多，生意好做。父亲在那边开了绸缎庄，还请了经理管理业务，做得很顺利。经过一段时间，母亲觉得孩子们逐渐长大了，要上学，总见不到父亲对孩子们成长不利，于是我们也搬到奉天，全家租了一套宽敞的大房子，房间按洋式布置，我和哥哥都有单独的房间。厨师李师傅的手艺很不错，变着花样做各种佳肴。他做的浇汁鱼，滚沸的汁浇到刚经油炸的鱼上滋滋有声，鱼一出锅便从厨房一直"叫"到餐桌上。还有烩海参、拔丝山药，都是李师傅的拿手菜。

爷爷从凤凰城老家来看望我们，我记得他是位慈祥的老人。爷爷握着我们的手，摸摸我们的头，见我们聪明又有礼貌，高兴得合不拢嘴。他看我们生活得挺幸福也就放心了。爷爷为儿子没有得到家里的任何财产感到有些内疚，提出要给两千块银元，父母忙说："我们生活得挺好，这笔钱我们不要，留着您用吧。"

那时候，我们的生活处处洋溢着温馨。父亲找人做了鸽子住的木架子，然后买来十几只鸽子，这些可爱的和平鸽是我们最好的朋友，领头的鸽子一飞，其他鸽子也跟着飞起来，下午它们又都飞回自己的窝里。有一天，我听到它们咕咕叫，发现窝里有小鸽子蛋，欣喜地拿着蛋跑去找母亲："妈妈，鸽子下蛋啦！"后来，父亲还买来几只小白兔，读书闲暇，我们每天都喂鸽子、喂兔子。

母亲是个闲不住的人，每到春天，她就在院子里的两个大花坛里种上买来的各种花籽，路边也种满了花草。经过母亲的精心栽培，花籽没多久便破土出芽，五颜六色的花开满了院子，有什样锦、茇芨草、美人蕉、夜来香……香气四溢。邻居的大婶大娘们常常过来观赏，面对眼前的花朵赞不绝口。母亲有时把鲜花剪下插在花瓶里，客厅里便飘着花香。到了秋天，我帮着母亲把成熟的花籽收集起来，写上花名，留着，明年还会再种，多余的花籽还要分送给邻居。

如今的城市里也有很多花坛，里面也种满鲜花，可是在我心中，现在的花和那时母亲种的花不大一样。

小时候我们最盼望过春节。春节前先过小年，把灶王爷的旧画请下来，烧掉。母亲嘴里念叨，上天言好事，下地保平安。她告诉我们："烧了画后灶王爷就升天了。还要买些长长的芝麻灶糖放在那儿供他，把他的嘴粘住，以免上天后说坏话。"小年这天家家户户都要买这种关东糖，我们都爱吃。小年一过，母亲和张妈就忙着准备年夜饭。李师傅大显手艺，做出各种肉食，他还要做馒头、发糕、年糕、豆包、包子，馒头上放上枣，还用模子扣成各式各样的点心，和包好的饺子一起放到外边的大缸里冻上，零下20℃的气温使室外成为极好的大冰箱。家里还要渍一大缸酸菜，冻很多冻豆腐。母亲用去核的山楂加冰糖煮成山楂糖水放在小坛子里，搁到外面冻上，吃上去甜甜的酸酸的，还有点黏糊，凉凉的非常爽口。这些都是东北家家户户新年里必做的准备。

父亲领着我们去做新衣服，一进店门，老板就笑容满面地热情接待我们这些老主顾。他拿来很多面料让我们挑，又叫来裁衣的师傅给我们量了尺寸。父亲说："除夕前要把衣服做好送到家。""放心吧！一定送到。"老板应道。

除夕夜，母亲穿着深红色缎面旗袍，看上去很高贵。我们手忙脚乱地穿好新衣服、新鞋袜。我和妹妹穿着新做的绸面棉旗袍，梳好头，到父母面前比比谁漂亮，还到镜子前比美。我们兄弟姐妹给父母拜年，讨压岁钱。全家人欢聚一堂，在除夕夜里守岁吃饺子。十二点一过，孩子们都兴奋起来。哥哥带我们到院子里放鞭炮，母亲还要把新请来的灶王爷给供上。

转眼间，我和妹妹都七八岁了，到了上学的年龄，父亲让我们去哥哥读书的学校就读。他说："虽然离家远，也要去好学校读书。"记得那时是冬季开学，入学第一天，我和妹妹穿着一样，书包也一样，人们还以为我们是双胞胎。学校很大，有体育场，有礼堂，教室里很整齐。从此，我开始了学生时代的生活。

上学半年后的一天，妹妹突然高烧不退。父亲带她去医院，医生诊断为胸膜炎，要住院治疗。但是住院后病情仍不见好转。医生说，现在还没有治这种病的特效药，一家人听了心急如焚。父母每天都去医院探望我妹妹，最后带回来的消息却是："妹妹的病又恶化了，医生说是合并化脓性胸膜炎。"我急得要哭，星期天求母亲带我去看她。我走进病房，快步走到妹妹床前，看到她黄瘦的面孔，我难过地流下了眼泪。妹妹瞪着一双大眼睛对我说："姐姐你把我的书包放好，书整理好，等我出院好上学去，我想早点去上学。"我含泪说："好！你快点好起来，我们一起去上学。"

兄妹三人
（中为不幸夭折的妹妹）

没想到这是我和妹妹见的最后一面。没过几天，父母亲从医院回来，看上去非常难过，我急忙问："妹妹怎么样了？""你们可爱的妹妹和我们永别啦。"说完母亲哭了。哇的一声，我和哥哥弟弟全哭了。妹妹是那么可爱，她圆圆的脸、文静的性情浮现在我的脑海里。母亲安慰我们："不要难过了，你们要更努力学习。妹妹会去天堂的，她是个好孩子。"

父亲请人用纸给我去世的妹妹做了一个五屉柜，里面装满了她的衣物，又到郊外把纸制五屉柜和她的衣物一起烧掉，我们安葬了妹妹。

送走妹妹后，一家人长久地沉浸在悲痛里。父亲带着全家住进旅馆，他怕我们回到家里见不到妹妹就伤心。当时，我有些恨医生，责怪他们为什么不把妹妹的病治好。

那些天，我们上学要从旅馆走，放学回旅馆住。妹妹不在了，我只好一个人背着书包去上学，跟在哥哥后面，仍然觉得孤单。弟弟太淘气，我和他玩不到一起。我就盼着母亲再生个小妹妹，后来果真又生了个小妹妹，她的出世给这个家增添了快乐，遗憾的是我不能和小妹妹一起看书一起玩耍，她还是太小了。

第三章　童年

　　我的母亲是位典型的贤妻良母，她对丈夫体贴入微。父亲在外边做事，家里的事由母亲一人掌管。她总是精力充沛，而且很爱干净，家里总是布置得美观整洁。她也很喜欢打扮，穿着雅致大方。

　　到了星期天，母亲会抽时间带我们去公园玩，这一天往往是我们一周中最高兴的日子。出门前母亲要化淡妆，穿上得体的衣服，然后叫上马车带着我们出发。大家在车上一路唱歌，一路欢笑。如果赶上星期天下雨，母亲会把我们叫到一起听她讲故事。她慈爱地抚摸着我们的头，教育我们要懂礼貌，爱清洁，早上按时起床，晚上要把脱下的衣服叠好放在枕边，鞋也要摆整齐，书桌里的东西都要规规矩矩放好，甚至小手帕都要叠好。

　　哥哥读到小学高年级时，父亲请来曲老师做家庭教师，他们夫妻二人住在厢房，和我们家人同吃。曲老师白天在学校上课，下班后回来辅导我们，他除了辅导功课，还教我们演奏乐器、唱歌。曲老师一点儿也不严厉，和我们相处得很好，偶尔还会讲笑话，逗得我们哈哈大笑，我们都很喜欢他。

　　父亲陆续买来口琴、风琴、小提琴，让我们学些乐器。哥哥的多才多艺显露出来，唱歌、跳舞、绘画都很突出，而且他总是先于我们掌握各种乐器，他常给我们吹口琴、演奏风琴，我们很爱听他的演奏。

　　到学期末，我们兴冲冲地把成绩单和奖状拿给父母看，看到我们成绩都很好，父亲就去买了一些奖品，算是对我们学习上的鼓励。

学校每年11月1日开校庆会，那一天常常赶上下大雪，有时甚至雪深过膝。虽然天气寒冷，但是同学们都兴高采烈地奔向学校，大礼堂里座无虚席，各班级都要表演节目。哥哥每次都会上台独唱，他的歌声很动听。每次校庆，我除了参加班里组织的集体舞蹈外，还表演独舞。我们也去过市里的广播电台，哥哥在儿童节目中表演独唱，我则朗诵诗歌。

母亲信佛，定期去寺庙拜佛、捐钱。每年年终考试前，她都会带我们去寺庙求佛保佑考出好成绩。母亲房里有个贴在墙上的日期表，上面写着吃斋的日期，到那一天全家都要吃素。母亲说，信佛要行善。如果有乞丐在门外乞讨，母亲总会端出饭菜或送些衣服给他们。记得有一次一位中年妇女带着孩子站在门口，她穿得还算整齐，可是母亲不认识她。她说："我是来感谢您的，在我困难时常来您家讨饭，每次您都接济我们。现在我找到了一份工作，生活过得去了，今天特地来当面谢谢大恩人。"

在我刚读小学时，日本在东北建立了伪满洲国，傀儡皇帝是溥仪。日本人控制了教育，学校里有日本老师，教学方式也是日式的，打学生是家常便饭，学生触犯校规就会被打耳光或打手板。教我们日语的是师范学校毕业的日本女老师，她很年轻，也很和气，教体育的男老师也是日本人，谁做错了，就要挨他的打。

日式教育针对男同学和女同学设有不同课程。女生每周有裁缝、刺绣、家事等课。母亲给我买来布料、毛线，由老师教我们裁剪、编织。我学会了织毛背心，还学会了绣花。家事课我们都爱上，大家交钱由老师买来原料，然后教我们做西餐、烤点心，大家动手和面，加入各种原料，用模子扣好后在烤炉里烤，点心做好了，大家一起享用

小学时班主任和部分女生合影（后排右二为作者）

劳动成果。

　　小学毕业的时候我取得了全年级第一的好成绩，还得了市长奖。我和哥哥都考入最好的省立中学。我就读的第一女子中学，张学良曾经兼任校长。

　　日本殖民统治后期，对中国人更加野蛮。一天，我坐公共汽车去上学的路上，看见一个日本警察正在踢打一名中国男人，那人痛得满地打滚叫喊。看到这情景，我既害怕又心疼。还有一次，父亲带我去街上买东西，我看见橱窗里摆着带馅儿的小饼，就和父亲说我想吃，可是售货员说："这饼只卖给日本人，不卖给你们。"这么不平等的待遇，让我好不服气。

　　母亲每天晚上都要等父亲回家。父亲工作忙，回来得比较晚，哥哥、弟弟、妹妹全都睡觉了，唯独我陪着母亲等待。有一次天已很晚，听到门铃一响，我就立刻去给父亲开门。父亲脱下皮鞋，我把拖鞋递给他，他一边穿拖鞋一边说："好孩子，这是给你的。"我从父亲手里接过长方形的盒子，打开一看，是糖炒栗子，还热着呢。父亲告诉母亲说："来凤是个懂事的孩子，不过要让她去睡觉，明天还要上学。"母亲说："她不肯，她要陪我等你。"

一天，家里接到姥爷病重的电报，母亲很着急，父亲很快买了火车票带着我们回到凤凰城老家，这是我们兄弟姐妹几个第一次回老家。坐在飞驰的火车里，父母在沉思，我想他们是在惦念姥爷的病。几个小时后到了小城的车站，父亲叫来一辆马车，我们坐在马车上，一路上看着这陌生的小县城。

到了爷爷奶奶家，看到两面高墙中有个大门，我们跨过高高的门槛进了院子，家里人都出来迎接。这是一个大四合院，有正房有厢房，房子高大，有明亮的大窗户。我们随父母先到了他们原来住过的房间，母亲说："这里和我离开时一模一样。"我们去见爷爷奶奶，爷爷喜出望外，奶奶也很高兴，她把我们叫到跟前，从头摸到手。随后，我们赶到姥爷家。姥爷消瘦的面孔没有一点精神，见到我们也是勉强露出一点微笑。母亲对父亲说："你带着孩子回去吧，我留在这里照顾父亲。"

父亲带我们回奶奶家住了几天。院子虽然那么大，院子里还有很多果树，但到了晚上一片漆黑，只在房间里点个油灯。天黑了我好害怕，就和父亲说不想再住下去，于是父亲带着我们回到奉天。不久以后姥爷病故，母亲处理完后事也回来了。

日本统治时期，随处可见歧视华人的措施。到了战争后期，殖民当局规定大米只供给日本人，只配给中国人"三合面"，实在是难以下咽。如果谁家吃大米饭被日本警察发现了，要以犯法论罪。有一次，父亲暗中托人买来一些大米，我们正在吃大米饭，忽然听到仿佛有人敲门，吓得全家急忙把饭藏起来，开门后发现是虚惊一场，才得以吃了一顿像样的饭。

每逢中秋节都是阖家欢聚的时候。往年每到那一天，母亲和用人张妈就会在月光下的桌子中央放上月饼，按大小将月饼一层层摆到最尖处的一小块，像一座宝塔，四周还放上西瓜等水果。1944年，八月十五的月亮还是那么皎洁明亮，可是院子里的桌子上已没有那么多大小不等的月饼了。

1945年初，很多学校已经停课，我们女中的学生还要去纺织厂劳动，伪满把这叫"勤劳奉仕"。每个女生要看着两至四台机器织布，由工头教我们怎样接线头。当时父亲的生意不好做了，只好把厨师李师傅、家庭教师曲老师辞了，留下张妈一个人。因为又生了一个小妹妹，母亲忙得没时间照看我们，假日里就由哥哥带我们去公园玩。

随着年龄的增长，我们开始阅读课外书籍。我发现哥哥有时带回家的书总要藏起来，说是禁书。出于好奇，我趁哥哥不在便偷着翻，还缠着哥哥，求他把《钢铁是怎样炼成的》借给我看，他答应了，但只许我在自己房间里看，不能跟别人讲。我还读了《李家庄的变迁》，后来弟弟和大妹妹都发现了，于是他俩也偷着看这些书。

母亲偏爱哥哥，他的一些中学同学常来玩，母亲有时招待他们在家吃饭。后来我才知道，哥哥的同学中有一位是地下党员，那些进步书籍都是从他那里借的。哥哥还有个同学长得挺帅，眼神里流露出对我的爱慕，当时我也有点喜欢他。母亲发现了以后就不许我和他们聊天、见面了。

哥哥中学毕业后因成绩优异得以去日本留学，他的那些同学大部分也去了日本。留学要花不少钱，再加上当时父亲生意不好做，母亲为了供我哥哥读书，变卖了一些值钱的首饰。以前全家要洗的衣服由洗衣店店员来家里取走，洗好熨好后再送到家里，到年底一起结账，买点心、买衣料也是如此。父亲为了控制开支，把这些账目全部结算完毕，告诉我们以后买什么随时付钱，别再赊账，结束了这种消费方式。

时局不稳，父亲的绸缎庄生意大不如前。那时大批山东人来奉天"淘金"，他们很会做生意，开了很多大百货商店。父亲店里有位胖经理就是山东人，一次他在我家聊天，和父亲说："我大儿子参加了八路军，他又陆续把三个弟弟带走也参了军，说不定以后回来就要共产啦！"母亲想到当年给她出主意去日本的干弟弟，觉得他好像也是共产党。

一天，有人轻轻敲门，大妹妹去开门，迎进一位美丽清秀的姑娘。她扎着两条辫子，围着黑色带白点的纱巾，穿着蓝士林布旗袍，一身学生打扮。母亲出来看，她喊母亲："大姑您好！"原来她是我的干舅舅刘澜波的大女儿，叫刘环。她从北平来到奉天看望我们。"啊，你就是小波的大女儿呀！快进来。"母亲欣喜地说。

母亲陪着大姐姐进屋，我也凑到母亲身旁坐下。大姐说："因为时局紧张，我和爸爸失去了联系。大姑，我妈在协和医院病故了。"她的脸上流露出难过的神情，"管家在照看我和妹妹，妹妹也上中学了。"母亲听了，心疼地说："你们就把这里当家，以后有什么事来找大姑吧！"大姐告诉母亲："我已经上了高中，毕业后准备考大学。"

我看她很坚强，是个热情爽快的人。她讲了许多北平的事，让我听着长了不少见识。母亲隔天带她上街给她姐妹俩买了衣料，请裁缝师傅给做成几件合体的衣服。住了几天后，大姐姐回北平上学去了。她的母亲已经去世了，父亲因为革命工作也不能和她们一起生活，不知父女何时才能见面，相比之下我们可是幸福多了。

又快过年了，哥哥提议开个家庭联欢会，全家都很赞同。大家分头准备，各显其能，都想把自己最棒的节目拿出来。哥哥有唱歌的天赋，有时老师为了调节课堂气氛，就让他唱一曲。弟弟则专门跟老师学了一首歌，还向大家保密。我们向哥哥报了自己的演出节目，他记在本子上，安排了演出次序。

作者在上小学时的一家人合影（中左为作者）

演出那天，我们把双人床当舞台，帐幔当成幕布，全家高高兴兴地迎接这个"盛会"。大妹妹当报幕员，我们把幕拉住，妹妹从幕帘中钻出来，向大家行礼后宣布："家庭联欢会现在开始！"引来家人的热烈鼓掌。她接着说："第一个节目：大合唱。"于是幕帘向两边拉开，我们兄妹四人穿得整整齐齐站成一排，由哥哥提示我们，唱了两首歌。接着大妹妹报幕说："下一个节目是弟弟独唱。"幕向两边拉开，弟弟面带笑容地向大家行礼后开始唱歌，可唱着唱着就跑调了，家人的笑容随着歌声逐渐消退，都很为弟弟着急，他自己也慌了，后来干脆停下不唱了，不过全家最后还是给他热情地鼓掌，弟弟红着脸说："不知为什么，学得好好的，上台就忘了调啦。"

直到现在，每当我回想起在大连、奉天度过的童年时光，还有难忘的小学生活，仍然感到甜蜜。儿时的亲情、友情，有时会在我的脑海中一幕幕回放。遗憾的是，那时日本统治下的东北，总是有叫我困惑的情景。在街上有时看到伸出小手的小乞丐，我和哥哥就会将零钱放到他们手里。日本侵占东北后，为了巩固他们的统治，说什么要建设"王道乐土"，事实上是在残酷地剥削压榨我们东北的乡亲，掠夺大量的资源。这些严肃的家国问题，是在我进入中学后才看出、悟出的。

第四章　中学时代

　　1945年8月，我们正在纺织厂劳动，忽然接到通知，停止手中的活计去听讲话。我们不知道发生了什么事，急忙跑到厂房外边，老师站在台上高声地说："同学们，日本投降了，战争结束了！"听到这个消息，全厂职工、学生们一下子欢欣雀跃起来。老师接着说："从明天起，你们不用再来工厂干活啦！"大家都沉浸在胜利的喜悦中。

　　接下来殖民来华的日本人陆续回国，日本老师也走了。日本天皇宣布无条件投降后，伪满洲国皇帝溥仪也退位了，苏联军队从远东地区进入东北。我记得当时看到苏联军队进入奉天，部分士兵从纺织厂把我们织好的白布一匹匹往卡车上装，然后拉走。听说整个工厂拆掉的设备也全被运往苏联，说是作为战争赔偿。

　　不久以后，共产党军队进城，学校组织我们去夹道欢迎。当队伍走过来时，我看到士兵们都穿着黄布棉袄，他们凭着简陋的装备竟把日本人打败了，真是了不起。共产党的军队纪律严明，为老百姓做好事，逮捕了汉奸，管理社会治安，部队首长还到中学讲话。可是，进城时间不算太长，他们又要撤退了。首长再次来到学校对我们讲："我们是暂时撤退，还会回来的，欢迎你们参加我们的军队，愿意参加的同学可以和我们一起走。"听完这番话我很激动，回到家里便和母亲说："妈，我想参加共产党和他们一起走。"母亲当时很吃惊："你还不到十六岁，得继续念书、长知识。"母亲又加重语气说："绝对不能去，你这么小的女孩子怎么能当兵？"我说："首长说像我这么大的女学生，共产党也欢迎，他还说我们是有学问的人。"母亲坚决反对："不行，死了这条心，好好念书。"她不许我再说下去。

留日的学生陆续归来，父亲写信催哥哥也回来。留学生们分三批乘轮船回国，不幸的是第一批学生乘坐的轮船沉没，很多人遇难了。我们非常担心，父母亲更是急得吃不好睡不好，不知我哥哥会乘哪艘船，后来才知道他乘的是第二艘轮船，最终得以平安归来。而乘第三艘轮船的留学生，人回来了，行李却全都沉入大海。回国后，哥哥被安排到东北大学继续读书。

国民党进城后，中学的外语课由日语改成英语。第一女子中学是省立的公立中学，学费便宜但很难考入，而我以优异的成绩考入第一女子中学高中，选的是理科班。后来弟弟以全校第一名的成绩考入公立中山中学，同时分数也达到了私立汇文中学的入学标准。他回家同父亲商量："汇文中学校长劝我去就读，可以免收学费，但要入教会。"父亲说："我们什么教也不参加。"于是弟弟在父亲的安排下就读于中山中学。

当时通货膨胀，物价飞涨，金元券贬值得惊人。父亲的买卖更加艰难，最后店铺倒闭，父亲托经理带着剩下的资金到外地经营生意。父亲失业了，幸而我们都在公立中学读书，学费便宜，还能勉强支付，可是家里的生活费用日渐紧张。母亲把张妈辞了，所有家务都由自己来干。为了我们能继续念书，她省吃俭用，还不让我们帮着做家务。为了养家糊口，给我们交学费，母亲已经卖了首饰，父母各自留下一件皮衣，其他的几乎也都卖掉了。有时母亲还会带着小妹妹去市场摆地摊，变卖家里值些钱的东西。她常说："不管家里多苦多难，我多累，只要你们好好念书，受到高等教育，将来能成材，我就心满意足了。"

我记得，哥哥还在上中学时，有个烟草公司的老板来家里说媒，他说："只要你们答应我女儿嫁给你们的大儿子，我就陪送一栋楼房，还有一处买卖，你们看怎么样？还有什么要求只管提。"他一副期待的目光，但是父亲一口回绝："儿子正在求学阶段，不谈论婚姻问题。"

同班同学李荣和我要好，她家开当铺。听说她母亲要把她嫁给国民党接收大员的儿子，对方已经三十多岁了。她很为难地和我商量该怎么办，我劝她："你千万不能答应，你书还没念完，还要上大学，怎么能结婚呀！"后来，她难过地告诉我："我实在没办法抵抗了，只能服从。这是父母之命、媒妁之言。"她还哭着说："我很快就要和他结婚，然后去台湾了。"想到我们即将分别，我也哭了。她答应到台湾后会给我写信。

没过多久，李荣的父亲来到我家，希望我嫁给她的哥哥，说起来她哥哥还是我哥哥的同班同学。当时，我的父母以女儿还在上学为由回绝了。此后，他们全家都去了台湾。

我读高中时的老师都非常好，后来我才知道，他们当中有不少人是地下党员。教我们政治课的李老师每次上课时都先把门关上，他给我们讲了很多救国内容，宣传进步思想，不让我们告诉校长和别的老师。他说："只有马克思主义才能救中国。中国妇女解放要靠你们这一代。"教语文课的于老师是燕京大学毕业的，他常给我们讲一些西方发达国家如英国的情况。教数学的孙老师，有一次找到我们五六个学习成绩比较好的同学说："你们高三毕业后都准备考大学，但考上也不容易。从明天起，每天晚饭后就到我家来补习数学吧。"他义务辅导不要分文，我们很受感动。

班里有个同学是国民党员，还有几个三青团员。我告诉父亲，他们想鼓动同学们参加他们的组织活动，父亲严肃地告诉我："你的任务是好好念书，学好知识，绝不能参加国民党、三青团的活动，放学就要回家，好好温习功课准备考大学。"

时间过得飞快，转眼到了高三，我每天都在紧张的学习中度过。曾经深受封建家庭之苦的母亲不想让女儿走她的老路，她常常告诫我，女人要有本事才能在社会上立足，要好好读书上大学，学一门专业知识。我高中三年级的学费没有着落，母亲卖掉了从日本带回的最好的瓷器给我交学费。为了培育儿女，即使失掉她心爱的东西也在所不惜，母亲实在是一个很有远见的女人。

我高中时代的女同学中，命运也不尽相同。有一天，班主任老师通知我们，政府要开一个庆祝会，女中演出舞蹈节目，我们班出两个节目，最后决定由我和赵晓丽演出。开庆祝会那天，老师带着我们两人去，一路嘱咐我们演出完毕要立刻回家。到现场我们才明白，原来这是国民党军官的联欢会。

演出后我劝赵晓丽，咱们回家吧。她不听劝，要参加交谊舞会，还吃了夜宵，有位军官送她回了家。从那以后，她放了学就常去找那个军官跳舞，最后她经不住殷勤追求，没等高中毕业就辍学和他结婚了。我替她感到惋惜。

我有两个最要好的同学，一个是小学的同窗好友，叫浦淑桂，她长得清秀，成绩很好，父亲在银行工作。她有三个哥哥，一个妹妹，二哥是电影演员。我们那时经常到对方家里去玩。有段时间她多日不来上学，听说是生病了，我很惦念，放学后去看望她。当我走进她的房间，不禁惊呆了——她失去了往日的烂漫天真，一副病容，已经滴水不进。我走到她的床前，说不出话来，伤心得直流泪。她的母亲说："来凤同学看你来啦！"她睁开无神的双眼，无力地微微一笑，伸出手拉着我说："我课桌里还有一块橡皮，送给你吧，等我病好了我们再一起上学，代我向同学们问好。"我含泪对她说："你好好养病，我还会来看你的，大家都很想你。"她的母亲送我出门时，我问她浦淑桂得的是什么病。"是晚期肠伤寒，她可能很长时间不能去上学了。"她难过地说，"怕是治不好啦。"我们都哭了。没过几天，她哥哥告诉我们，浦淑桂走了。

还有一位初中时期的同学，叫高恩皎。也是一连多日没来上学。趁着一个假日我去她家，屋里静悄悄的，只有她的母亲在，脸色很不好。我上前问她恩皎可好，怎么好久不见她上学？她的母亲满眼泪水："我的好女儿不会回来啦，她得的是肺结核病。"我明白了，自己连恩皎最后一面都没见上，后悔没能早点来看她。她的母亲叹了口气说："这种病没办法治啊。"恩皎只有一个哥哥，她这一走，她的母亲更孤单了。

回到家里，我久久不能平静。我是如此思念好朋友们，常常回想起和她们在一起的快乐时光。那么年轻的生命，就这样被病魔毫不留情地夺走了。好多天，我都在沉闷少语中度过。儿时的妹妹和两个同窗好友的病故，给我的生活蒙上了一层阴影。又一次，我在内心埋怨起医生，为什么没能把她们的病治好。从那时起，我的心中就种下了未来从医的种子。

1948年6月，我没有辜负父母的期望，以全年级第一名的成绩高中毕业。毕业典礼那天，我们穿着蓝士林布旗袍，按班级一排一排在礼堂站好，全体学生齐唱《毕业歌》，然后校长讲话，宣布"薛来凤同学上台领省长奖"，我激动地双手接过校长颁发的奖状。此前我还获得了全市女中演讲比赛的第一名，那天又领取了一等奖的奖杯。

在这期间我的家中有了很大变化。父亲托人把仅有的资金带到外地做生意，那个经理回来告诉父亲，生意很难做，最后本金全赔光了。得知此事，父亲如遭晴天霹雳，却又无可奈何。家里的生活来源于是中断了。

父母愁眉苦脸，我们也跟着愁，全家人都吃不下饭。时局动荡，很难在短时间内找到合适的工作，父亲托人求情，最终总算找到一份会计工作，全家就靠着父亲微薄的工资度日。那时物价飞涨，民不聊生，金元券贬值得厉害，日子过到了山穷水尽的地步。

父亲把我们叫到一起："现在咱们的家境大不如前了，时局不好，一麻袋钞票买不回来几斤高粱米，一个金戒指才换一个馒头，生意又彻底破产了……"父亲眼圈红了，停了一会儿他说："我虽然每个月能领到工资，但是也买不起这么贵的粮食。你哥哥和弟弟就要随东北大学和中山中学迁往北平，我和你妈商量好了，你们都去北平吧，那里粮食便宜一些，到那里去住一段日子，也许能糊口活下来……我把工资寄到北平，我留在这边……"家里的气氛顿时变得凝重起来，但也别无他法，为了生存，我们只好按照父母的决定，准备搬家。

几天后，哥哥和弟弟随学校去了北平。父亲把房子家具都卖了。我们开始整理行装，带走了衣服、被褥、锅碗瓢盆等，母亲把一下子带不走的东西存到了邻居家，以便日后取回。离开沈阳那天，父亲对我说："来凤，你已经高中毕业，是个大姑娘了，这次出远门全靠你啦，照顾好你妈和两个妹妹。""爸爸，您放心，我会照顾好她们的。"说着我流下了难舍的泪水。我们即将离开这熟悉的城市和久住的家，从父亲的脸上，我猜出他内心的伤感。那一刻，全家每个人都体会着离别的滋味。

第五章　在北平

　　机场人很多，我拿着票按次序上了飞机，找到自己的位置，又安排好母亲和两个妹妹。飞机迅速离开地面飞向高空，谁都不知道未来的生活是什么样的，我突然觉得自己已经长大了，要撑起这个家，心里不禁有点忧虑。两个妹妹还小，她们有说有笑的，看起来挺高兴。飞机在高空飞行，但是我无心欣赏窗外的蓝天白云，开始思考着下飞机之后的生活安排。

　　飞行的时间不算长，飞机缓缓地降落在北平。哥哥从大学赶来，他在人群中找到了我们，和我们一起把行李搬到车上，然后去西四牌楼附近的亲戚家。

　　马车停在门口，亲戚们迎出门来，接过行李，热情地接待我们。这位是爷爷家的亲戚，她一边寒暄一边给我们端茶，"一路上你们肯定累了，先歇着，我给你们做饭去。"她下厨做了不少菜，端上来热气腾腾的白面馒头。大家围着一张圆桌坐下来，边吃饭边聊家常。

　　聊着聊着，我看见大妹妹吃馒头噎着了，立刻把她拉到一边，帮她拍背喂水才慢慢吞下去，她的小脸儿都憋红了。我问她："怎么吃这么快，多危险呀。"大妹妹说："姐，上飞机的时候我就有些饿，你只买来一块小饼给小妹妹吃，我站在她旁边也想吃，可是我知道家里困难，钱不能随便花，我只能咽下口水。刚才饿急了，我就大口大口地吃，噎着了。"大妹妹是个懂事的孩子，她的这番话说得我心里好难受。

第二天，我们住进了租好的房子。这房子不算小，还有个大院子，而且离亲戚家不远，也算有个照应。大家一起动手，很快就把新家安置好了。我帮母亲布置，用一块布帘把一间屋子隔成了两间，又和亲戚去粮店买回来很多白面和米，一袋一袋摞起来。看着这些粮食，母亲和我们心里都踏实了很多，再也不愁没米下锅啦。哥哥提议，等把家里安顿好，休息几天就带我们去颐和园，逛一逛这有名的旅游胜地。

在一个阳光明媚的日子，哥哥和弟弟从各自的学校赶来，一家六口乘马车去游览颐和园。来到这古老又美丽的所在，一时间忘却了现实的烦恼，大家沉湎在如画的美景中，难得母亲也兴致盎然。我们爬上颐和园最高处的万寿山，在这里合影留念。站在山上眺望，远处是蓝色的湖水，岸边拍打着白色的水花，我们的身后则是一座很高的庙宇。那时我心里惦记着父亲，何时他也能来北平与全家人欢聚，看看这园中的美景该有多好。

在北平，我参加了考大学的补习班，两个妹妹暂时在家自学。学习之余，我每天还要给家里买菜。每逢走到北京大学医学院门口，看到进进出出的男女大学生，我就好羡慕他们，希望自己能像他们一样考上医学院，将来做一名医生，救治那些被病痛折磨的人。

父亲在沈阳的工作条件并不太好，挣的钱也不算多，他的年纪逐渐大起来，离开沈阳时，我看到他的两鬓已有几丝银发，工作时需要戴上花镜。在北平的日子，母亲为了让我们有充足的时间学习，家务事照旧都由她一人来做，她再累也不对我们发脾气。

父亲按月寄钱给我们。有一次，在父亲又寄来生活费的第二天，有个男人走进院子，喊："这是薛家吗？"我和母亲立刻出来，问他有什么事。他说："你父亲来信让我帮你们去粮店买粮食，再帮你们拉回来。他不是已经寄钱来了吗？"我和母亲都犹疑了一下。我看看信，确实是爸爸的笔迹，但是我们不认识这个男人。"我现在就帮你们去买粮食，把钱带上。"他说。母亲对我说："来凤，你去买吧。"然后她回屋取钱交给了我，我便跟着这个男人走了。

走了一段路，又拐过几个胡同，我们来到一个大铁门前。那个男人站住说："就是在这里，我进去买粮，你在外面等我，买好后拉出来我再送你一起回去，把钱交给我吧。"于是我把钱如数交给了他，老老实实地站在外边等着。

等啊，等啊，大铁门里边总也没有人出来。几个小时过去了，天色已渐暗，我忽然有一丝不祥的预感，急忙去敲大铁门，铁门从里边锁着，敲不开。我四处张望也不见那个男人，突然意识到他可能是个大骗子！这太可怕了，如果钱全被他骗走了，我去哪里找他呀！我的脑子好像炸了似的，陷入了绝望，这可怎么办呀？父亲辛辛苦苦挣的过日子钱刚寄来就全没有了，我回去怎么跟母亲交待啊？

天色更暗了，我只好往家里走去，边走边哭，又害怕又难过，年少的我从不知道世上还有这种坏人。我加快步伐赶到家里，一进门便扑到母亲的怀里痛哭起来："妈妈，对不起，咱们被骗了，钱都让他给骗走了。"听到我的哭诉，母亲吓呆了，过了一会儿，她说："我们这是遇上了坏人。乱世里，就连朋友也靠不住。好了，别哭了，我们吸取这次教训，都怪自己太单纯。天无绝人之路，家里还有些粮食能够吃些日子，下个月你爸再寄钱来我们就好过了。"

接下来的几天里我一直觉得对不住父亲，担心今后家里的日子更艰难。又过了些时候，仍不见父亲来信，又听别人说北平与东北间的火车全停开了，邮路也不通，我和母亲不禁焦急万分。

1949年初，天津解放后，北平也很快和平解放，正在困境里求生的我们得救了。在一个寒风刺骨的冬日，母亲带着我和两个妹妹，随着哥哥回东北大学的返校列车重新回到沈阳。

我们住进父亲租住的房子，屋子里空空荡荡的。母亲去取托邻居代为保管的东西时，邻居却说东西全没有了，母亲失望地空手回来。我去信托商店挑选了几件八成新的家具，把家里稍微布置了一下，看上去也还不错。

后来，我们得知干舅舅刘澜波回了东北，还当了安东省省主席。母亲听到这个消息后很高兴，当年他曾帮母亲出主意去日本，母亲对他始终心存感激。分别多年，她打算去看看这个弟弟。父亲买来车票，母亲带着我和小妹妹上了火车。

出站后很顺利地找到了省政府。我们来到接待室说明来历，他们打完电话汇报后，就准予我们去省主席家。干舅舅在家门口热情地迎接我们，他没有官架子，人挺随和。母亲见到离别多年的干弟弟，自然很高兴。干舅舅给我们介绍了新舅母，还有他们的小儿子。我又见到了大姐姐刘珏，她那时已经做母亲了。我还初次见到了二姐，她叫刘牲，是个热情奔放的人，对我们很亲切。母亲一边喝着茶，一边和干舅舅长谈。干舅舅非常关心母亲去日本后的情况，谈到这个话题，他们聊了很多，母亲也沉浸在对那些年生活经历的回忆中。

干舅舅听我母亲提到我是个好学生，便问我："来凤，你想考什么大学？什么专业？大学很快要招生了。""我要考医科大学，想当医生。"我脱口而出。干舅舅和蔼又好奇地问我："为什么要当医生？"我说："这是我从小的愿望，我要当医生，救治那些生病的人。"干舅舅很认同我的志向，他也认为医生是一个高尚的职业，还说女孩子学医是好事情。

在干舅舅热情的再三挽留下，我们在他家里住了一些日子。这次探亲之行，母亲和我都很高兴，也留下了难忘的记忆。

1949年春天，我如愿就读于辽宁医科大学，二姐刘甡也进入这所大学，我们既是姐妹又是同窗好友，她对我非常关心，我们相处融洽而亲密。

　　这里还发生过一个小插曲：北京解放前夕，我曾有过一个多月的有名无实的婚姻。那时我只有十九岁，家里遇到了难以克服的生活困难。对方出身于一个富有的商人家庭，是一名年轻的老板，家在天津法租界内。天津、北平相继解放后，我报考医科大学的心愿更加坚定。为了上大学，我与他解除了名义上的婚姻关系，也得到了他和他家人的理解。最后我如愿进入医科大学学习，从此，我的人生道路为之改变。

第六章　我的大学

入学不久，校方通知我们说，这所大学原是外国人开办的，很多人员都要回国，校内所有同学都要分配到另外两所大学去，一所是军医大学，一所是地方大学。听到这个消息，我们都活跃起来，不知道自己会被分到哪里。

一位女同学问我："薛来凤，你愿意去军医大学吗？"我说："我去哪里都行，只要是医科大学。"她说："我不愿意去军医大学。你知道吗，进入军医大学就相当于参军，就是当兵啦。""咱们还是听学校安排吧。"我说。

不久，正式通知下达了，我随六十多名同学被分到军医大学，二姐刘甡则与少部分同学一同被分到地方大学。一想到就要分开，我和她都有些不舍。

校方来人告诉我们："到了军医大学就相当于参军了，你们都是中国人民解放军，要穿军装，接受军事训练。那里实行供给制。"什么是供给制，我们也都不懂。校方来人又解释说："你们在军医大学的学费、伙食费、住宿费、衣服、鞋袜、被褥等等，这些全部由国家供给，学校还要发给你们津贴费。"听完他的讲话，我想到当时家里的经济情况比较困难，学校实行供给制，我读大学的这些费用就不必由家里负担了，心里一阵高兴。当时，也有个别的男同学由于不愿意参军，就偷着跑了。

我们六十多名同学于1949年8月全部转入长春第三军医大学，上一批学生去年已经入学，我们是插班生。从此我成了一名军人。

坐火车从沈阳到长春后，我们上了卡车，被送往军医大学。这里校园漂亮宽敞，教学楼群建设得很讲究，楼内都是用白色大理石装修的，操场很大，绿化非常好。我马上喜欢上了这个新环境，在军医大学开始了新生活。我们过的完全是军人生活，早晨有操练，每天上十节课。发给我们女同学的军装，上衣是军绿色西服，下身是深蓝色的裙子，配上肉色的长筒袜，还有皮鞋和帽子。我们穿上这套军服英姿飒爽，别提多精神了。

在大学里，我觉得离自己的理想越来越近，学习的劲头更足了。校园生活也是多姿多彩，有业余舞蹈队、合唱团，还有业余话剧团。我被大家推选为舞蹈队队长，从此我的大学生活又增加了一项内容。为了排练好舞蹈，我请校方开了介绍信，大胆地去长春的空政文工团寻求帮助。那里离学校不算远，我来到团长办公室，一位看上去很年轻的团长热情地接待了我。他看过我的介绍信后，同意派人来我们学校教舞蹈，还答应正式演出时借给我们专业的舞蹈服装。

作者在大学里排练舞蹈

在文工团派来的演员热心又耐心的指导教练下，队员们学会了好几种舞蹈。看到我借回来漂亮的少数民族舞蹈服装，大家欣喜若狂。我们出色地演出了乌克兰舞、鄂伦春舞、高山族舞，这些表演受到了老师和同学们的赞扬。

学校业余剧团要排演话剧《钢铁是怎样炼成的》。一天下课后，剧团团长找到我，他希望我能出演剧中的一个角色。我有些好奇，就问："让我演什么角色啊？""演冬妮亚。""那可是女主角，我能行吗？"团长说："剧组导演认为你的外貌、声音都适合演冬妮亚。"可我还是觉得不能胜任，一再推辞，但拗不过团长的坚持和诚意，最后我只好说："那就让我试试吧，让导演多费心了。"

直到进入剧组，我才得知这出话剧得到了长春电影制片厂的大力支持，这增加了我们的信心。剧组的演出队伍可算庞大，在整个排练过程中，同学们既辛苦又投入，大家利用星期天和几乎所有的业余时间紧张排练，我在其中也得到了锻炼和提高。

经过紧张的排练，终于要正式演出了，长春电影制片厂的专业化妆师过来帮助我们化装，把参与演出的同学的头发全部染成了金黄

剧组合影（前排左三戴帽者为作者）

色，我的头发本来就是棕黄色的，不用再染了。另外每个演员的鼻子都用肉色的橡皮之类的东西垫高，做成俄国人的大鼻子。女演员们还要在眼皮上粘上长长的睫毛。

开演前，我们在后台照着镜子直笑，装化得很好。这出话剧在校庆上的演出非常成功。

在军医大学，校方有明文规定，通过指导员再三向我们强调，在校学习期间不准谈恋爱，如果被发现就开除学籍。其实我进入大学一心想的就是如何把书念好，从没考虑过谈恋爱。不过，我们班里的确有一对同学在谈恋爱，结果双双被校方开除，令人惋惜。现在想起来，不得不承认，那时处理得太严厉了。

一天，我接到母亲从沈阳的来信，信中说大妹妹读高中的学费已难以支付，母亲打算不让她继续上学了。我立刻写回信，让母亲千万不能这么做，不管怎样，也不能让学习努力、成绩优秀的大妹妹辍学。我会把津贴费攒下来，寄回去给妹妹交学费。

记得那次我在信中还提起，为了给我交学费，母亲曾把家中珍贵的东西都变卖了，我才得以顺利读完高中。现在的情况总比那时要好些，毕竟有我，哥哥也快要毕业工作了，再困难也不能因为经济原因毁了大妹妹的前程。

母亲见信后同意让大妹妹继续上学，我们都松了一口气。后来，妹妹写信给我，说母亲觉得大女儿能分担家中的困难，那样关爱自己的妹妹，让她很感欣慰。

大妹妹是个非常懂事的孩子。她体谅父亲挣工资养家还得供她和小妹妹读书是多么紧张。她就读的学校是东北的重点中学，学校在郊外，从家里坐公共汽车上学要半个小时。为了省下车钱，不论冬夏，她每天早晨六点就起床，从家徒步走到学校。有时候大妹妹来不及吃早饭，就饿着肚子一路走去上学。她的午饭在学校吃，有时连菜都舍不得买。由于血糖太低，有一次她在中午开饭前晕倒在学校食堂里。

弟弟跟着从北平回迁的中学回到沈阳，看到家里已是极度困窘，为了不增加家中的负担，他主动选择离开家北上去齐齐哈尔继续学业。那时，母亲多么想把我弟弟留下来，让他在沈阳继续上大学。但是现实已经令她无能为力。后来弟弟学的是放射专业，学习很用功，还掌握了英语、日语，能够参阅外文资料进而提高业务水平，最终弟弟成为了一名优秀的放射科医生。

哥哥大学毕业参加工作后，每个月的工资除了留下伙食费和日用零花钱外，全部寄回家里，贴补家里的生活并支付两个妹妹的学费。

学校快要放暑假了，我希望尽早回家看望父母，兴奋得整夜睡不着。回家的列车上，大家谈笑风生，归心似箭，每个人的脸上都洋溢着年青的活力。我还沉浸在为家里境况不佳的忧虑中，下了火车，我立刻振作起精神，看到这熟悉的城市，思绪一下子像回到了从前。

到了家，大妹妹出来开门，一见是我，高兴得边跑边喊："姐姐回来啦！"紧接着，父母和小妹妹也迎到门前。久别重逢，一家人又激动又感慨。

看到父母身体都还健康，两个妹妹也长高了，我心里略觉宽慰。父母拉着我问寒问暖，他们很关心我在学校的学习、生活情况，得知我的学习成绩还好，又看到我这一身军装，他们说："我们喜欢看到你穿军装，多么矫健。"

我不在家的这一年里，母亲除了料理家务外，还参加了扫盲班，虽然年纪已大，但是她的学习劲头比很多年轻人还足。结业时她取得了优异的成绩，那时她已经认得两千多个汉字了，能看报，还可以阅

作者军装照

读毛选。听妹妹说，母亲已经读了周立波的小说《暴风骤雨》。

那次假期回家，高中的同学告诉我，赵晓丽被那个国民党军官骗了。那个军官其实已经有了妻子，后来他把赵晓丽抛弃，自己随国民党军队逃到台湾去了，而赵晓丽当时已经怀孕，她今后该怎么生活？我还听说我们那一届高中同学几乎全都考上了大学，有考入师范大学的，也有考入东北大学、医科大学、音乐学院的。得知同学们大多如愿以偿，我也很高兴。

与家人团聚的时光总是过得太快，假期转眼已经结束，告别了父母和两个妹妹，我继续投入到紧张的学习中。除了常规的医学课程外，同学们还学习了野战外科及战地救护等课程。演练时，我们都趴在草地上，匍匐前进，救"伤员"，抬担架，给"伤员"包扎、止血。在学习过程中，女同学并不落后于男同学，做得一样迅速、准确。

第七章　实习医生

　　大学到了第四年，毕业实习开始了。我和一部分同学被分配到沈阳军区总医院，母亲得知我回到沈阳，分外高兴，她又可以常常见到我了。

　　我们住在医院安排的宿舍里。医院条件比较好，医疗设备、技术水平也很不错，在这里实习自然能学到很多课堂上无法掌握的东西，同学们都感到很充实。最初开展实习医生的工作，对上级医生，对同事，对病人，特别还有对病人家属，我都很谨慎小心，处理好这些关系非常重要，而这一切都要从头学起。

　　在我们这些实习医生眼里，内科主任实在是了不起的人。他有着丰富的临床经验，医术高超，对病人十分关心体贴。那时觉得他的医术、医德好像我们总也学不完似的。我学的是内科专业，遇到的危重病人比较多，主任总是一马当先，指挥抢救工作，其他医生们也都全力以赴。有时大家甚至忘了用餐，长时间坚守在病床旁，直到病人的病情缓解才陆续离开，还要留下值班医生、护士，无论是深夜还是假日。实习期间耳闻目睹的人和事感动了我，我深深地体会到作为一名医生是多么高尚，我更加热爱这个职业，希望自己能做一名合格的医生，一名好医生。

　　有一次，我们抢救一名年青的白血病晚期病人。他发高热、出血，生命危在旦夕。虽然医生们尽了全力，还是无力回天，他终于停止了呼吸、心跳，年仅十九岁。我那次参加了抢救全过程，当上级医生宣布"病人抢救无效，临床死亡"，我难过极了，内心充满了自责。这是我第一次参加抢救工作，也是第一次看到死亡的临床表现——苍白的脸、双目紧闭、没有呼吸……看到这一切，又想起童年和少年时离我而去的妹妹、好友，我甚至有些失望，不知道还能否坚持学习下去。当时我还不太了解，由于病种及病情复杂，即便是医术再高超的医生也不可能把每位病人都救活。

遗体料理结束后，天色已晚。从病房回宿舍的路并不太远，我无精打采地走出病房楼，外边一片漆黑，我突然感到很恐惧，不敢往前走一步。这时，正巧一位男医生走过来，见到他我就好像遇到了救星，忙说："求你把我送到宿舍好吗？我有点害怕。""你是不是第一次看到过世的人？"他问我，"这只是个开始，以后随着你的年资慢慢高了，临床经验丰富了，就不会再害怕了。"

回到宿舍，同屋的其他医生已经进入梦乡，唯有我躺在床上，脑海中翻来覆去的都是日夜治疗的病人死去的样子和他活着时的情景，一夜未能入眠，心里不住感叹生命的脆弱。

我们内科与放射科的医生打交道的机会比较多，他们对实习医生很照顾，给我们讲解各种X光片，使我们增长了不少知识。有一天，放射科的何医生邀请我去他家做客，他家就在总院家属宿舍区。那是一栋筒子楼，从走廊走过公用厨房，再向里走几步就到了何医生家。我刚迈进屋门，迎面走过来他的妻子。我惊奇地发现她竟然是我高中时的同学。原来，未等到高中毕业，她就受父母之命嫁给医科大学大三的学生了。那时候她可是我们班最漂亮的女生，眼前的她已是一名家庭妇女，是三个孩子的母亲了。

何医生夫妇请我坐下，并端上茶。老同学见面格外亲热，交谈中她不无遗憾地对我说："看你现在多好啊！上了大学，还是学医的。

我整天侍奉丈夫和孩子，做饭做家务，还要靠丈夫养活这个五口之家。"我立刻安慰她："你是三个孩子的母亲，很了不起。你丈夫是一位好医生，这也是你的幸福。"

在沈阳军区总医院的实习结束了，校方通知我们去部队的结核病疗养院继续开展实习。那里的病人都是团级以上的军官，他们患有各种结核病，其中肺结核病人最多。

那所疗养院坐落在沈阳郊区，环境幽静。医院分为几个病区，每个病区间有长廊连接。进病房有几道门，有消毒措施。病房按照病人的级别分成团级、师级、军级，师以上干部住的病房是高干待遇。面对这些在战场上英勇杀敌的军官，我打心底敬重他们。当时国内没有抗结核的特效药，在治疗手段方面，只有靠气胸、气腹把气打入病人的胸腔或腹腔，这会使病人很痛苦，但是他们都很能忍受。当时的药物只有维生素、鱼肝油，辅以营养食疗。病情轻一些的病人可以通过这种治疗方法治愈，但是对重病人而言，有时科主任也束手无策。

我负责的一位年轻女病人原来是本院结核病房的护士。她得了重症肺结核，是开放性的，痰检有满视野的结核杆菌，胸片上两肺可见很多空洞。她两颊潮红，睫毛长长的，据说这是结核病人的典型特征。她那时常大口咯血，除了用止血剂及吸氧以外并没有特效抗痨药，几次大咯血我们都做了紧急处理，总算暂时止住了。

她有气无力地对我说："薛医生，我好像活不成了。我很想做个健康的人，唉，都是我防护做得不好染上了这病，你们可要注意防护。"我安慰她："不要灰心，振作起精神来。"可是她的病情日渐恶化，在一次不停的大口咯血中，她的呼吸和心跳停止了，同事们尽了全力也未能挽救她。我再一次眼睁睁地看着病魔夺走了一个年轻的生命，巨大的悲痛让我和几位护士潸然泪下。至今想起，我还是觉得作为医生的我有时候太脆弱了，可我那时多么希望国家能早日生产出治疗结核病的特效药。那段时间，每位重症结核病人的死亡都会使我久久不能入眠，心情无比沉重。

后来医院有了少量的进口抗痨药链霉素。因为药太少，院方决定只能先给军级干部用，等到以后药品数量充裕了再分配给其他病人。作为实习医生，我们是没有处方权的，开完药后，需要由上级医生审查签字才能生效。上级医生们对我们很关心，不论在业务上还是生活上。实习的整个过程中，我们有悲伤也有快乐。最开心的时候就是当病人经治疗痊愈出院，他们面带微笑对我们说着感谢的话语，这是我们最大的欣慰。

实习即将结束，大学时代也将画上句号。圆满完成大学学业是我的心愿，从此以后我们将作为军医走上社会。那几年，是解放军大家庭培育了我们。我想起《钢铁是怎样炼成的》中的保尔，他说："人的一生应当这样度过：回忆往事他不会因为虚度年华而悔恨，也不会因为卑鄙庸俗而羞愧。""我的整个生命和全部精力都献给了世界上最壮丽的事业。"真是鼓舞人心的革命豪情。

毕业典礼后，校方公布了分配方案。同学们有的去了医院、疗养院、研究所，也有的去军事院校、校医院工作。我被分配到廿八陆军医院。临别前，同学们互赠照片，"不要忘了我，后会有期"，然后，大家满怀信心，各奔前程。

第八章　跨过鸭绿江

1953年，当我到廿八陆军医院报到时，发现内科只有我一名女军医，同事们都是男军医。来到这陌生的地方，而且同学中只有我一个人分配到这里，本来心里有点害怕，可是新同事们热情地接待了我。男军医们抢着帮我拿行李，院方为我安排好了一间宿舍。我很快地熟悉了这里，开始投入工作。

不久，医院奉命组建志愿军野战医院，安排医护人员参加抗美援朝。临行前召开动员大会，我们一个不少地坐满了小礼堂。院长说："这是一项光荣的任务，作为军人必须绝对服从。"

我们这些热血青年义无反顾地准备奔赴朝鲜战场。有的军医得意而自豪地说："这才叫军人哪！"我那时也不觉得害怕，丝毫没有顾虑，根本没有想过如果牺牲怎么办。我没有立刻告诉家里我要上前线，怕父母不放心，打算到了朝鲜后再给他们写信。

会后，大家都开始紧张的赴朝准备工作。李军医来到我的宿舍，他问我："薛医生你怕吗？""我才不怕呢！"我说。李医生说："你来得正是时候，我们早就盼着能分来一位女军医。如果需要我帮什么忙，你别客气。男人比女人有劲。"我一边整理东西，一边谢谢他的好意。

我的书整整装了一大木箱。正在忙乱中，听到有人喊："领服装啦——"于是我放下手中的活，快步跑出去。医院发给我们每人一件羊皮大衣，还有皮帽子、手套、毛皮靴、棉衣、棉裤。指导员特别叮嘱我们："发下来的冬装，出发时必须都穿上，否则会发生严重的冻伤。"

奔赴朝鲜那天，是寒冷的冬日。全院举行誓师大会，大家士气高昂。夜幕降临时，我们穿着笨重的棉军衣、皮大衣上了开往火车站的卡车，然后又乘上装货的闷罐专列前往朝鲜。

指导员说："咱们是以货物的名义被运往朝鲜，所以大家在车厢里不能大声说话，也不能用手电筒。"我们静悄悄地席地而坐，没过多长时间，开始发罐头就餐，我至今还记得牛肉罐头味道不错，那还是我第一次吃牛肉。

列车过了鸭绿江，进入朝鲜境内，几个小时后，列车缓缓停下，我们按次序下了车，眼前是茫茫黑夜，天上飘着鹅毛大雪。领队让大家排成单行，在院长、指导员的带领下踏着过膝的厚雪步行，行走艰难，在雪中一步一个大坑。为了隐蔽，只有前边带队的人能用手电筒，其他人一律不能点亮。我们在寂静的白色旷野中努力前进，谁也不害怕，谁也未掉队，黎明时到达了营地。在晨曦中看到朝鲜老乡的村落已被战火夷为平地，瓦砾成堆，到处都是大量的弹坑。

一夜行军，大家感到很疲劳，可还是强打起精神整理行装。这时，李军医又来到我面前，他主动帮我脱下皮大衣，我感到一股暖流涌上了心头。

这里的病床、桌、椅、病人用品、医疗仪器及药品全部是从国内运来的，大家动手把这所野战医院安排就绪后，开始了繁忙接收前线撤下来的伤病员的诊治及护理工作。医生、护士们不分昼夜地忙着包扎伤口、换药、打针、发药，一天常常要工作十几个小时，可是没人叫苦，大家都不怕脏不怕累，心中被一股热情鼓舞着。

伤病员的病痛牵动着每一位白衣战士的心。那时，不论医生还是护士都一起为病重的伤员送饭、喂饭。伤员一口一口地把饭吃完，眼里闪烁着感激的泪花。我们还分组给病人包饺子，踏着冰冻的雪地，提防敌机随时可能的轰炸，去伙房领饺子馅与和好的面，一步一滑地回到营地。由于天气寒冷，取回的馅和面几乎都被冻住了。

伤病员们在前线遭受炮弹伤及战场惊吓，有的精神很紧张，在医治身体伤痛的同时，我们还要对他们进行心理疏导。一名刚参军便来到严寒的朝鲜战场的年轻战士，手脚有红紫色冻伤，病痛让他流下了眼泪。他常常面无表情地大声喊叫。我问他为什么不吃饭，他说："吃不下去，也睡不着，我好害怕。"见到这种情况，我安慰他说一切都会好起来的，要坚强。小战士看我向他微笑，情绪慢慢稳定了下来。他告诉我："听到刺耳的枪声、炮弹声，看到战场上的情景，我有点支撑不住。"我劝他："要勇敢起来，这是保家卫国，也是新兵立功的好机会。"经过大夫、护士的耐心护理、治疗，他的身体和精神状态逐渐好了起来，又重新回到了部队。

有一次，敌机来轰炸，院方命令大家披上白色床单伪装成雪地色，迅速跑步躲进山洞里。当时我正赶上生病，高烧39℃以上，全身无力，站不起来，只好躺在床上向指导员说："我下不了床，跑不动。"指导员很着急："不行，你要立刻离开，我背你走。要是敌机来了，一扫射你就没命了。"但是情况紧急，我对指导员说："他们不会来炸我的，你们快跑，再不走就来不及了！"指导员只好无奈地跑向山洞。

敌机很快飞来了，由于这架美国战机低空飞行，我甚至都能透过屋子的窗户看见飞行员，他戴着飞行帽和厚厚的眼镜，还张望了一下。他应该没有看到我，没有开枪扫射就飞走了。当时我还没有觉得，飞机飞走后才开始后怕。等到敌机飞得无影无踪时，战友们赶紧从山洞里跑出来看我，见我平安无事，他们高兴极了，说："薛医生，你真命大，他没扫射你真是万幸。"一次死亡边缘的险情，就这样化险为夷了。

在我生病期间，男军医们每天把热洗脸水打好，放在我的门旁。朝鲜大娘们送来用炭盆烤得香喷喷的土豆，味道像栗子一样甜美。

冬天过去了，又到了春暖花开的季节。春雨过后，小草破土而出，蓝天下，青山上，野花绽放，令人陶醉，可是我们没有太多的时间去欣赏春天的风景，仍然在不分昼夜地工作。

晚上我和护士一起提着油灯到病房去查房，听到有伤员说："医生，我太痛啦，给我打一针止痛药吧。"我就会很快让护士给他打针。有的病员睁着眼不睡觉，问我，医生，你想家吗？我告诉他，我现在没工夫想家，劝他好好睡觉。等到伤员全部入睡，我们才回去休息。

暮春的一天，忽然下起倾盆大雨，雨水猛涨进室内。我们把裤腿挽到膝盖上，蹚着过膝的雨水走来走去地工作，在雨水中整整泡了七天。后来又接到上级的紧急命令，医院转移，大家马上搬东西、运送物资、转移伤员。当时我和指导员正忙着查房，病房分散在营地各处，等我们查房回来时，部队已转移，我们接到通知，要求立即跟上，不能掉队。

江水猛涨，过江非常危险，我和指导员望着汹涌奔流的江水一筹莫展。这时，朝鲜老乡找来了当地几名水性好的棒小伙子帮助我们渡江。由于朝鲜曾是日本殖民地，我可以和老乡用日语做交流。老乡说："哪怕孩子们为你们牺牲，我们也心甘情愿，快上船吧。"岸边有的母亲在擦着眼泪。我和指导员万分感激，向老乡们行了军礼，登上小船。我们坐在船中间，朝鲜小伙子们分成两排，一边四个人，一人一支桨。我回望岸边的村庄，看到江边站满了人，乡亲们期盼着我们都能平安抵达对岸。

八个小伙子在滔滔江水中艰难地用力划着小船。突然，一个大浪迎头拍下来，让人喘不过气，几乎把我们吞噬在波涛中。我紧紧地抓住船帮，船身东摇西摆，晃个不停，眼看我们就要翻到江里去了。此时又一个大浪打来，我们从头到脚泡在水中，船舱进水了。

指导员在我身边说："现在处境非常危险，你一定要抓住船板，战士们更需要你，我会全力帮你过江。若是我死了，就请你用我兜里的津贴替我交党费吧。"听了指导员这番话后，我抑制不住地流下眼泪："指导员你不会死，我们都不能死，一定要活着渡过江去。"

江水又掀起一个个大浪，小船被卷得很高，然后又重重地摔落下来，船身进进退退，来回摇摆。这种场面是我有生以来从未经历过的。身边的小伙子们拼命向前划着，汗水、江水混在脸上，手掌流着血……就在这时，我好像听到老乡们的欢呼声，在大雨中看到了对岸的人群。我们终于到对岸了！我们都没有死！我们得救了！

船头刚靠岸，我们不顾全身湿透，激动地跳下船来。江岸这边的朝鲜老乡们流着眼泪拉着我们的手说："你们受惊了。"我和指导员也含着热泪握着他们的手："太谢谢你们了，我们会永远记住你们的。"年轻的水手们说："不要管我们，你们快去追赶队伍吧。"我和指导员向老乡和水手们深深鞠躬："谢谢你们，谢谢你们，再见！"

在追赶队伍的途中，遇上一辆卡车，我们搭车赶上了队伍。医院换了营地，女军医仍旧只有我一个，指导员安排我住在老乡的一间耳房，房间已经打扫得干干净净。

因为我是副连级军医，指导员要给我配通讯员和武器。我看见手枪就说："指导员，我不要手枪，怕惹事。""枪是防卫用的，你一个女孩子，一个人住我不放心，这里特务很多，如果半夜来袭击你怎么办？"我坚持："我不要枪，我不怕。"指导员又说："男军医们住的离这里稍远，都分散在其他老乡家。你真不要枪？""不要。"

指导员只好无奈地说："那好吧，有事喊我们。"

房东大娘对我非常热情，做什么饭菜都送给我一份，她做的朝鲜泡菜、年糕好吃极了。当我晚上回来时，发现换下来的衣服已经洗得干干净净，晒干叠好放在我的屋里。我不好意思地对大娘说："太谢谢您了，以后就不麻烦大娘给我洗衣服了。"大娘笑着说："别客气，你们整天给伤病员治病，哪有时间洗衣服？再说你们这么年轻就离开父母到这里来，吃不好睡不好，还要冒着生命危险，我做这点事不算什么。"她对我的关心体贴，让我感受到了家一般的温暖。

晚上，我抽空给家里写信，告诉他们我在这里一切都好。妹妹来信提到，母亲因我到朝鲜后才告诉家里而生我的气，家人都很担心。后来我写信告诉他们，我是在朝鲜的野战医院治疗伤病员，并不是在前线和敌人战斗。妹妹还提到，自从得知我去朝鲜后，母亲每天都盼着来信，盼我早日归来。

有一次，上级通知我和通讯员小张一起去其他离得较远的分部执行任务。第二天，我们背着挎包，带上干粮和水早早上路，小张背着枪还有急救用品。走了一段路后，看见前面是一座高高的大山，我们要爬到山的那一边。山上长满了大树、灌木、杂草、野花，郁郁葱葱却没有路可走。我们扒开杂草、抓着灌木向山上爬，手都被扎出了血。山愈爬愈高，路愈走愈艰难，我感到很吃力。通讯员小张是个小战士，他有劲，看出我有些疲劳，就不断鼓励我，我们两个唱着歌互相鼓劲，休息片刻后接着往上爬，一直爬到了山顶。站在山顶往山下看，好惊险！这么高的山我们居然爬得上来。

下山更需要小心翼翼，没有山路，双手得不停地抓住两边的杂草、树枝，一不小心很容易滚下山去。我的腿酸起来，劲也没那么大了，话也少了，一言不发地跟在小张后面。小张回头对我说："没力气啦？我背你下山吧。"我拒绝了，心想不能让人家背我，就咬着牙一步步慢慢地下，终于到了山脚下，我绷不住，干脆坐在地上哭了一会儿，把压力释放完了，又站起来和小张继续向目的地前行。

走到火车站，我们看到一列装满军用物资的火车，可是没有车票，怎么办？小张提议爬到火车顶上。我们爬上火车，平卧在车厢顶上，面向着蓝天白云，急驰的车头向后拖着一条长长的青烟。在火车奔驰的呼啸声里，没人会想到有一个女军医带着通讯员仰卧在车顶上吧。

火车停了下来，我跟小张刚爬下车就被车站的人看见了，还挨了一顿训斥。

我们来到另一个分部，巧遇我在军医大学时期的一位男同学。在异国的战场上遇到同窗让我们都兴奋不已，他问我："老同学，你好吗？""我很好。""有一个不幸的消息，"一阵寒暄后，他的脸阴沉下来，"我们的两位同学在执行任务时牺牲了。"我十分难过，他们太年轻了。老同学安慰我："在前线，牺牲是难免的。他们这是为国捐躯。"

在朝鲜战场上，战斗非常残酷，我方伤亡官兵也不少。美国轰炸机和战斗机对朝鲜北方昼夜不停地进行毁灭性轰炸，我方运输部队仍然在严峻的形势下为前方进行物资补充。有一次，在执行任务的途中，我坐在运输大卡车的副驾驶座位上。车队在蜿蜒的盘山路上行驶，一边是悬崖，一边是高山，狭窄的公路只有走一辆车的宽度。虽然司机很有经验，但是我一直提心吊胆。行进中突然敌机飞来轰炸，我眼看着最前边的一辆卡车被炸而掉入悬崖。我坐的车比较靠后，最终得以安全到达。可是，眼见着战友牺牲，是非常令人痛心的事。

战争就是一场灾难，人的生命只有一次，在这硝烟弥漫的战场上，能生存下来并不容易。

第九章　停战后的日子

1953年7月27日，交战双方签署了停战协议。

野战医院很快接到了停战命令。激动人心的消息传来，每个人都沉浸在喜悦中。不久，根据上级命令，全体人员把伤员分批运送上火车，他们将被安排到国内各大医院继续接受治疗。伤病员们热情地和我们道别。送走伤病员后，我们又着手进行医院的再次转移，这次还要自己动手盖房子，幸好医院有木匠师傅，还有后勤人员、战士。木匠师傅还专门给我盖了一间里面抹着泥的木制简易房。我们住进新的房舍，不再有震耳的炮弹声和轰炸声，人们享受着来之不易的战后平静。

大家七嘴八舌地问指导员，停战之后什么时候回国，指导员说："这要听上级命令，现在的任务是休整、总结，护士要上课学习，这个任务就交给薛医生了，你要为护士编写教材。军医们要写讲稿进行业务学习。我们要开欢庆会，由薛医生负责文艺演出的编排。"我接下了这些任务，这下可忙坏了。

我的新房间还需要布置，男军医们和后勤人员一同帮我把大白布单围在四壁，整个房间顿时亮了起来。木匠师傅给我做了一张桌子、一把椅子，还有一张木床。房子的南面墙朝阳，有扇窗用一根棍子支起来，阳光毫不吝啬地洒满屋子。附近的山上郁郁葱葱地长满了绿树和野花，把大山映衬得特别美。房前流淌着清澈的河水，这水喝起来甘甜，透过流水可以看到水下各色各样的石头。此时此刻，我们仿佛从未经历过战火弥漫的日子，而被停战后的喜悦包围了。

从那以后，我每天都很早起来，去山上采摘鲜花，我太喜欢它们盛开着的样子了，也许是母亲把爱花的基因遗传给了我吧。

一个清晨，我看见山脚下一只白色的仙鹤正在起舞。我怕惊动了它，就在远处静静地看着。这里时常还能见到飞舞着的大蝴蝶，我狠下心来扑抓了一些压在书里做成标本，把它们寄回家，让家人和我分享这来之不易的和平与美好。

屋内的鲜花带给我绵绵不断的愉悦心情，我每天写讲稿、编教材，还写短剧，有时编排舞蹈直至深夜。一天夜里，我聚精会神地编写完教材后正准备休息，抬头看到窗户纸被一条大蛇咬破，它的头已经伸了进来，正向屋里爬。我慌忙跑出门外大声呼救，朝鲜老乡们、医院的医生、护士、领导都跑了出来，他们不知道出了什么大事。当得知是大蛇惹的祸后，战士们拿起铁锹、锄头就要砍死它。当地老乡们急忙阻拦："不能伤害它，这是蛇的头领。如果把它打死，会有更多的蛇来这里报复，把它送回山里就没事啦。"大家你看看我，我看看你，还是尊重老乡的意见。我们望着老乡们抬着大蛇向山那边走去，觉得这个说法很奇妙。果然，从那以后再也没有蛇来打扰我们了。

现在想起来，幸亏我去朝鲜的时候带了一木箱医学书籍，所以编写教材还比较顺手。我采取边写教案边讲课的方式，培训护士的教学任务完成得还不错。

排练舞蹈算我的强项。小护士们很聪明，教上几遍就会跳，舞步整齐，节奏划一。她们都很喜欢这项活动，所以学得很卖力。等到舞蹈排练得差不多了，我们就开始排练短剧。记得我编写的是医生、护士一起救治伤员的故事。经过紧张的排练，我们在欢庆会上的表演获得了很大成功。临近的部队及当地老乡也都参加了大会，整个大礼堂里座无虚席，演出不时地引来大家热烈的掌声。

傍晚，我们可以欣赏到穿着五颜六色民族服装的朝鲜姑娘们在山下翩翩起舞。她们边唱边跳，舞姿很美。偶尔也有朝鲜姑娘来到我们这里，向一些男军医表示好感。指导员在她们走后就会警告男军医要注意影响，否则会受到军法处置。

停战后，我们收到很多发下来的战利品。我收到一大桶美国奶粉，一桶白糖，另有医院发的各种水果罐头，还分到美国制的不锈钢羹勺，一大一小。每天享受着四菜一汤的伙食，我和护士们开玩笑说："照这样下去，恐怕我们都要吃成胖子了。"

有位朝鲜老乡请我去做客，我高兴地答应了。等我到了他家，发现这家有好几个女主人。男主人看出我的疑惑，便主动向我解释："这场战争使很多人阵亡，剩下的男人不多啦，政府就允许一夫多妻。我有七位妻子，她们像亲姐妹一样和睦相处。这也是现在采取的灵活政策。"听到他这么说，我便能理解了。

我注意到，这七位妻子生的女孩多，男孩少。一群女孩和妈妈在一起吃饭，两个男孩和爸爸另桌吃饭，那一桌的菜也相对多些。他们优待男人和男孩，把我当成贵宾，和男主人一桌用餐。

吃饭的时候，一个女主人对我说："我大女儿喜欢你们的一位男军医，等你们回国时，就把她带走吧，让她嫁给那位军医。"我忙说："大娘，这可不行，军令不允许，如果这么做，军医就犯了军法了。"大娘听了很失望，觉得她的女儿没福气。我也感到很遗憾。

没过多久，传来振奋人心的好消息——"祖国派来了慰问团，已经到咱们这里啦！"大家兴奋得一窝蜂似的往外跑，外边在敲锣打鼓，好不热闹。经历了战争的残酷和艰苦，又见到祖国来的亲人，这喜出望外的情感一下子释放了出来，那一刻我们太感动了。文工团的团员们载歌载舞，为大家奉献出最精彩的演出。

1953年11月，我们接到上级命令，野战医院撤离朝鲜回国，有些部队则要留下来帮助朝鲜人民重建家园。我们先期回国的一批人纷纷去部队的商店给祖国的亲友买礼物。商店是免税店，商品比国内便宜，生意异常火爆，店员忙得不可开交。我买了一块精致的手表，这是毕业后我买的第一块手表。还买了些毛线，准备回国后给父母织件毛衣。

每个人都在忙着收拾自己的东西，装箱、打包。李军医来到我这里："薛医生，我来帮你捆行李吧！"这时又来了两位军医，他们共同把我的行李捆好。大家的行装收拾就绪后，纷纷登上刚到的卡车。老乡们手捧鲜花、礼物，依依不舍地和我们握手、拥抱。街道上汇成了一条彩色的河流，车队慢慢通过。大家喊着"再见"、"再见"，直到消失在各自的视线里。

坐在军车上，我们高唱"雄赳赳，气昂昂，跨过鸭绿江"，歌声一路未停。途中我们看到无数炸弹坑，平壤市以及很多村落都被战火夷为平地，瓦砾成堆。此情此景使人越发感到战争的残酷，和平的可贵。

我们按时乘上归国的列车，在火车站又受到无数朝鲜群众的热情欢送。列车跨过鸭绿江，终于回到了祖国。我起身打开车窗，迎面扑来清新的凉风，内心感到无限欣慰和满足。当我们下车踏上国土时，站台挤满了热情的人群，"欢迎你们胜利归来！"我们佩戴着抗美援朝纪念章和以朝鲜领袖金日成的名义颁发的纪念章，还有慰问团颁发的和平万岁纪念章，心中感到无上光荣。

参加抗美援朝，对我的一生影响深远。记得在军医大学学习期

朝鲜战场归来后，作者和战友们合影留念。

间，我曾患胸膜炎住院一个多月接受治疗，身体素质比别的同学要差，经历了这场战争，体格越来越强健。不仅如此，我还得到了身心两方面的锻炼，性格也更加坚强。

第十章 在南京

上级批准参加抗美援朝的同志休探亲假。当我拿着大包小包站在家门口时，激动的心情无法形容，终于到家了。门开了，我和迎出来的家人兴奋得喊叫起来。父亲母亲全跑出来，迎接牵挂已久的女儿。妹妹满脸笑容："姐姐回来啦！"母亲说："来凤，你可回来了，把妈想坏啦。从你去朝鲜之后，我日日夜夜都在挂念你，生怕见不到你了。""妈，我这不是好好的回来了吗？"妹妹插话说："妈为了你在朝鲜前线能平安，常常掉泪求菩萨保佑你。"

我把礼物拿给家人。"我什么礼物都不要，只要你能平平安安地回来就是给我最好的礼物。"母亲动情地说。他们上上下下地端详着我，都说："你去抗美援朝前线，怎么养得又白又胖，更漂亮啦。"我笑着说："停战后在休整的日子里吃得好，干活也不多，就养胖了。"

母亲做了很多我爱吃的菜。大家坐在一起，我向家人讲述在朝鲜战场上耳闻目睹的事情，又把不穿的军服和去朝鲜时发的衣物留下来给妹妹。皮大衣准备去哈尔滨送给哥哥，那里太冷了。我还把积攒下来的津贴费交给了母亲。

在家小住几日后，我乘火车北上到了哈尔滨。了解到哥哥为了这个家省吃俭用，把工资都寄回了家，我劝他："哥，你已经不小了，该考虑结婚啦。我的津贴费可以贴补家用。"哥哥回答："等两个妹妹大学毕业后我再考虑结婚的事。"哥哥的同事、同学们也有给他介绍女朋友的,他都拒绝了。我把皮大衣和厚褥子留给他,有些遗憾地告别他,离开了这个美丽的城市。

假期结束回到廿八陆军医院,我又开始了紧张的医疗工作。

科里有一位年近而立的男军医,是营级干部。当时部队规定营以上干部才可以结婚,他符合结婚的条件,看上了护士小杨,可是小杨不愿意,因为她才十八岁。这位军医每天紧追不舍,又请指导员出面帮忙劝说,小杨最后有些无奈地答应了。在婚礼上,我们向他们表示祝贺,觉得两人年龄相差较大,他一定会很好地照顾小杨。

后来,我们发现本来爱说爱笑的小杨婚后整天闷闷不乐,精神状态也不好。我和护士长关切地问她:"小杨,怎么每天都这么没精神?他欺负你啦?"小杨一开始不肯说,但我们能看出她是受了委屈。

护士长说:"小杨,你不要怕,有我们给你做主。有什么事情,说出来心情会好些,不然对身体不好。"她还是不说话,眼睛里闪着泪花。看到她这个样子我们都很心疼,再三劝说之下,她才吐露了实情:原来,小杨的丈夫不允许她和别的男军医说话。而由于工作关系,作为护士每天都难免要和男军医接触。万一被她丈夫看见或听见,下班回家后小杨就要挨打。

听到这些,我们都感到很惊讶:怎么能这样对待自己的爱人!我和护士长非常气愤,告诉小杨:"他要再这样就和他离婚,不要怕他,把情况告诉指导员。""我不敢,那样他更要打我了。""没关系,我们大家支持你,我们给你壮胆。"听到这些话,小杨似乎放心了一些,得到了些安慰。

开导完小杨,我们分头去做自己的事。那天晚上,我思索着小杨的处境,整夜辗转反侧。

科里的李军医在回国后继续向我示好。他很关照我，也时常找我聊天。可当时也许是我的眼光高，总想寻找一个各方面都完美的人做伴侣。

这时，干舅舅家的二姐刘甡来信，说要给我介绍男朋友，她一直都很关心我。在信中，她提到两个人选让我挑：一位是工程师，地主出身，不是共产党员，也不是军人。另一位是中学就参加革命的有志青年，是军人，共产党员，出身中农，现在正在南京总高级步校学习。他是二姐的亲表哥，叫王天羽。王天羽那时已经是团级干部，够结婚资格了。二姐把两个人的照片也随信寄来了。

二姐寄来王天羽的照片

从朝鲜回来后，我想自己也该有个归宿了。看到二姐的信，我更加觉得到了谈婚论嫁的年龄。由于当时我所接触的同学、同事都不够部队规定的结婚条件，我转而又想到父辈们是在新婚之夜掀起盖头时才得以相识，而我通过二姐的介绍与男友相识，也算是时代的进步。我希望将来共同生活的那个男人比我更优秀，便回信给二姐，选择了条件合适、出身好的王天羽。我还精选了自己的照片，根据二姐提供的地址寄给了他。

这个阶段，我除了完成工作，全身心地沉浸在和王天羽的书信往来中，慢慢地彼此有了一定了解。王天羽善于在文字中表达自己的情

作者回赠的照片

感，我很受感动。过了一段时间，王天羽来信提出，将我以他未婚妻的名义调入他学习的南京的军事院校，在校医院工作，这样我们可以进一步增进了解，加深感情沟通。我同意了。

不久，调令下达。1955年3月，我告别了相处多日的同事和战友，奔赴南京。离开单位时，我告诉母亲只是工作调动，尚未透露与王天羽的关系。

我坐在火车靠窗的位置，无心欣赏窗外的景色，独自一人在想心事：出站后，迎接我的该是一位英俊的青年军官吧，他的问候一定会是暖暖的，让我有一丝满足感……

列车缓缓进入南京站，我拿着行李顺着人群下了火车，四处寻找那位心目中的年青军官。王天羽手里拿着我的照片出现在我面前，可是他灰头土脸的，衣服也不整洁，我第一眼见到他时，心都凉了大半截。

他不好意思地说："刚从演习现场回来，还没来得及换洗收拾，总算按时赶到这儿来接你了。"我觉得他就这样风尘仆仆地迎接初次见面的女友有些失礼，违心地说："没关系。""欢迎你来到这里，一路辛苦啦。"他帮我拿上行李，出站后我和他上了从学校里派出的吉普车，直奔招待所，车上我一句话也没说。到了招待所，他忙着安排好住处，又去食堂给我打饭。

他劝我休息几天后再去医院报到，我说我想早点去报到上班。

"不着急，来到这儿不想出去玩玩、走走吗？""不想。""为什么？""我想我们的事都需要再考虑一下。再说我刚来，换一个新单位也需要有个熟悉和适应的过程。"

他想了一下，说："也好。我现在学习也很紧张，等毕业后时间也就宽松些了。你这里没有熟人，有事可以找我，我也会常常来看你。"

他看出我不那么愉快，但他还是那么宽容。过了两天，他来送我去医院报到，办完手续后，我对他说："咱们暂时不要来往了，因为都很忙，等你毕业后再说吧。"他不情愿地说："也好。"转身就走了。我们没有说再见，就这样分手了。我伤害了他，给他浇了一盆凉水。

在初到南京的日子里，我的工作和生活都非常开心。

医院坐落在紫金山下，十分幽静，像是一个大花园，到处是草坪，有南方特有的各种花草树木。内科、外科、妇产科、儿科都是各自独立的两层白楼，每栋楼间有树木和花草相隔。这样的环境，无疑益于病人住院治疗。

校医院的门诊部在学校大院里。在那里我意外遇上了大学同学，妇产科王医生，她是毕业后分配到这里来的，她带我见到了其他几位老同学，并向我介绍了这里的情况。

我住在集体宿舍里，每个房间住四位军医。在工作中，我被分配到住院部内科病房，科主任很热情，他介绍我见了全科医生。除我之外，这里只有一名女军医，她已经结婚并有了一个女儿，其他同事都是男军医。在同事们的帮助下，我很快熟悉了环境，展开工作。

到了星期天，同学王医生来约我去城里逛逛，同行的还有几个单身的同学。我们乘公交车到新街口下车，穿过马路来到糕点铺。南京的点心比东北的做得好，花样也多，我们每个人都买了不少。

在南京的快乐时光（右一为作者）

有时到了夜里，想起自己的这桩婚事，不知道该怎么办。王天羽毕竟是干舅舅家的二姐介绍给我的，干舅舅是母亲的恩人，也是王天羽的亲姑父，二姐又是那么热心肠。我如果拒绝，怕惹二姐不高兴。无奈的我只好向母亲透露了这门亲事，母亲不同意，她希望我找个也是医生的同学。

那段时间，也有人给我介绍男朋友，我都一一拒绝了。我和王天羽的事并未了结，我不能就此对不起他。

年终我被校医院评为先进工作者，王天羽也以第一名的优异成绩从军校毕业，还被评为甲等优等生。他的大照片悬挂在大礼堂里。

毕业后分到上海的大学男同学们，在假期来南京看望我们这些女同学。大家一同去公园游玩，离别后的重逢令人兴奋不已。男同学们告诉我们，军队里大学毕业生的结婚条件已放宽，但是我们女同学听了没怎么往心里去。

那天，王天羽穿着一身崭新的军官制服来到我的宿舍，他看上去很精神，约我出去聊聊。我们找了个僻静的地方，坐在草坪上。他说："我已经毕业了，取得了第一名，准备留校当教师。"我说：

"这些我都知道。"他接着说："你对我还有什么不满意的，希望我怎么做的，可以提出来。我从来没有交过女朋友，你是第一个，我不了解女孩子都喜欢什么。不管怎么说，你是奔我来的。在这个陌生的地方，我算是你最可信的人，我会保护你。也许我们的情调有点不同，但我会努力去做。我很希望我们能结成伴侣，我真的喜欢你。以前也有人介绍过女友给我，我都拒绝了。只有你，自从二姐把你介绍给我，看到你的照片就已经打动了我。你要我等多久，我就等多久，直到我们结合在一起。"他的眼神是那么认真，一席话也是发自肺腑，我有些感动了。

由此，我们开始了浪漫的恋爱旅程。他给我买了一辆崭新的永久牌自行车，紫红色的。我不好意思地说："你干吗给我买车呀？要买我自己会买的。"我觉得在关系尚未明确前，不能接受这么贵重的礼物，但是这份感情难以回绝，我只好收下。可是，我虽然高中时学过骑自行车，很多年不骑，已经不会了。"没关系，我教你。"王天羽说。

在一个风和日丽的假日早晨，我们俩推着自行车出了大门，迎面扑来清新的晨风，我骑着车来回晃动，他连忙下了车，"我来扶着你，别害怕，握住车把，向前看。"在他的帮助下，我很快就会骑了。在后来的日子里，我们俩偶尔会肩并肩骑着车去寂静的林荫道兜风，累了就在草坪上休息一下。附近有个幽静的公园，那里有很多紫色的花，我们有时采些野花，坐下来谈谈心，也谈谈各自的工作情况。

"我去买点吃的，一会儿就回来。"不大一会儿，他拿着点心和水果回来，我们边吃边听悦耳的鸟鸣。休息了一会儿，我们继续前行，骑着骑着，前面出现了一条小河。王天羽提着车，一个大步跨过小河。可是河对我来说有点宽，我站在河边，他过来一把就将我抱过小河，那一刻，一股暖流涌遍我的全身。傍晚，依偎在他身旁，我静静地体会着幸福的到来。

从那之后，每逢假日王天羽都会约我出去。逐渐地，我感到他是可以托付终身的好人。经过这些情感交流后，他提出结婚，我同意了。作为刚毕业工作没多久的女大学生，我有点小资产阶级的虚荣心，他参加革命比我早，也具有良好的品德，和他生活在一起会帮助我进步得更快。

有一天，王天羽对我说："我刚分到房子，已经搬进去住了，我带你去看看新房。"那是新盖的教师宿舍楼群，楼房都是三层，他分到一套两室一大厅的房子。我们走到第三层，他停下脚步说："这就是咱们的新房。"他掏出钥匙，打开门走进去便是大客厅。客厅南面朝阳，阳光透过玻璃窗洒满房间。我走到阳台，从那里可以看到绿地和小树林。我对这个新家感到很满意，甜蜜地笑了。

第十一章 从二人世界到四口之家

　　我知道母亲反对这桩婚事，也不再征求她的意见，就写信告诉她，我已决定和天羽结婚，日期选在1956年的3月10日。

　　我和天羽兴致勃勃地去城里购买结婚用品。听到我们准备结婚的消息，天羽他们教研室和我们内科的医护人员可忙坏了。教研室为此准备了一间大会议室，用大红纸写了喜庆的对联和喜字。主治医周大夫带领护士长布置新房，帮我们做了棉被和褥子。周大夫一边缝被子一边对我说，等你们这对新婚夫妇盖上软绵绵的新被子，可别忘了这是我们一针一线缝起来的，希望你们白头到老呀。

结婚照

天羽对我说："结婚是大事，领导、同志们都这么重视，你自己是不是也应该重视啊？去做一件新娘服婚礼上穿吧。"他这话正说到我的心里了。新娘要有新娘的打扮，不然大家全都穿军装，新娘也就不起眼了。好在那时已经允许军人穿便服，天羽陪我去城里做了一件很合身的紫红色平绒旗袍，在当时也算是时髦衣服，婚礼时天羽则穿了一身军官服装，显得很英武。

当我们两人进入婚礼现场时，气氛很热烈，大家鼓掌祝贺。铺着白单子的长桌上放着有如洗衣盆那样大的蛋糕，由主持人切成很多小块，分给现场参加婚礼的朋友们。大家提议让我唱歌跳舞，我唱了一首歌，由于紧张，也没有发挥出最佳水平，由于穿着旗袍，很遗憾没法向来宾们献舞了。

婚后不久，上级宣布非公事外出一律要穿便服。紧接着，军官授衔、改工资制，我被授衔为中尉，肩章为一道杠两颗星。天羽被授衔为少校，两道杠一颗星。我们挎上武装带、扛上肩章，去照相馆留下了军人风采。

授衔留影

那时大家手里都有了些积蓄，院校里的军官都忙着找对象，我的几位同学也先后结了婚。自从宣布外出要穿便服后，一到星期天，我们都忙着进城买衣料做便服，我和天羽的一些衣服就是那个时期做的。

在我的记忆里，那段时光很令人怀念。每天下班时天羽都会来医院接我，我们两一同骑上自行车回家去。可是过了些日子，护士长对我说："薛医生，你爱人天天下班来接你回家？"我说："是啊，怎么了？""有人反映，说你下班还要爱人来接，有点娇气，小资产阶级情调。"听到这些话，我很生气，自己的爱人下班来接，是夫妻感情好，又不违反什么纪律。回家后，我把这件事跟天羽说了，他只是说："既然有人反映，那下班后我就不去接你了，你自己路上当心点。"

那时候，每逢节假日我们都要去城里购物、吃饭。天羽熟悉南京繁华街道的饭店。有一次我随他走进一家饭店，坐下来后天羽让我点菜，我点了炒虾仁，满满一大盘新鲜大虾仁才五角钱。有时天羽会建议我吃南方特有的大汤圆，又软又甜，还有南方的大烧麦。而我会建议他吃西餐。逛街时，我们买了两双象牙筷子和一把银质大汤勺。天羽说那把银勺是送给我的，他用的朝鲜战场的战利品不锈钢汤勺，就算是我送给他的。

平时我们在各自的食堂用餐，物美价廉。天羽处处照顾我，我觉得有点过意不去。天羽喜欢吃肉，我有点担心，告诉他："不能这样顿顿吃肉，要吃些青菜，如果体重增加上来，就不容易减，容易得一些病。"他说："来凤，结婚时你提出不许抽烟，不许喝酒，我做到了。吃肉你也要限制我，我可做不到。""并不是限制你，你可以控制一下，或者像我这样多吃鱼虾。我都是为了你的健康着想。""从小爱吃的东西，突然改口很难做到。我加强锻炼，打乒乓球、踢足球、游泳，这样可以吧。"他仍然吃他喜欢的肉菜，当然也加强了体育锻炼。每当我观察到他的体重在增加，就不时地提醒他。

结婚几个月了，有一天我告诉天羽我怀孕了，他愣了一下，接着兴奋不已："这是真的？我要做爸爸啦，早就盼着这一天了！你要注意营养，不能太累了，家务活全由我来做吧。"

我的妊娠反应不算厉害，只是频频吐口水，工作时只好在桌子上放一个大缸子。有一次我正在用听诊器给病人听心肺时，突然想呕吐，只好立刻用缸子接上，吐完口水再盖上盖子。自己感到不好意思，红着脸对病人说："对不起，我有些不舒服。"那位军官微笑着说："没关系，我猜你是妊娠反应吧？"

母亲知道我怀孕后，忙着给未出世的外孙做小衣服小棉袄，被褥、垫子、尿布应有尽有，寄来了两大包，为了迎接儿子的到来，我和天羽把厨房用品一样不少地置备齐全了。

1957年1月，我们有了个胖儿子。在儿子出世之前，我还坚持每天去医院上班，白班、夜班都没请过假。我的身体很健康。一天晚上我正值夜班，查房时突然感到宫缩，便立刻去了妇产科，很快就顺利分娩了。由于我是医生，妇产科主任破例允许天羽进婴儿室探望，她把刚刚出世的儿子抱给他看："是个健康的男婴，小嘴就像红樱桃，多可爱。"

一家三口

儿子的出世给我们的小家增添了无限欢乐。做了母亲，我从生命的孕育、诞生和抚育过程中体会着真爱，初为人母的我，享受着从未有过的幸福和骄傲。我仔细端详着，看不够儿子稚嫩的小脸。小嘴的一个哈欠，小手的一次舞动，小脚的一次乱踢，都让我欣喜和激动。天羽家里家外忙得不亦乐乎，他负起了做爸爸的责任，是个有责任心的男人。他给儿子取了个名字，叫王宇。

　　在孩子未出世时，我就向天羽提出，由于工作原因，产假期满后我就要上班，要和大家一样轮值夜班，所以不能给孩子喂奶。他同意了，要为儿子找个奶妈。产后我很快打了回奶针，儿子没有得到母乳喂养。我抱着甜睡中的儿子，告诉他："妈妈狠心地断了本来属于你的奶水，都是为了工作呀！"

　　请来的奶妈叫秀英，安徽人，长得秀丽，奶水很好，她把儿子喂得又白又胖。为了让奶妈奶水充足，我和天羽常去市场，挑选给奶妈下奶的活鱼、猪蹄等。

　　五十六天产假期满，我丢下孩子开始上班。初为人母的我心情十分矛盾，母子相处只有短短几十天就要离开，我是多么的眷恋孩子。那时我要做二十四小时负责的住院医工作，每周六下班回家，星期日晚上回医院，平时就住在医院里。

　　母亲知道后很是不放心，便由小妹妹陪着远路来到南京。那天，我和天羽去接母亲。火车徐徐进站，我从下车的人群中看到久别的母亲，她染过的黑发梳得油亮整齐，穿着一身黑绸面带本色花纹料子的棉斗篷，领子像精致的花朵紧围在她的颈部。

　　"你母亲像一位贵妇人。"天羽说。

　　"初次见面你可要注意，她还没完全接纳你呢。"

　　我们跑过去，我介绍说："妈，这是王天羽。"天羽彬彬有礼地接待了母亲。

一切安顿好后，我仍然早出晚归。天羽格外勤快，家里的事全由他来处理。他热情款待着岳母，讨她的欢心。早晨起床后，他便去食堂打来好多早点，又安排奶妈去买菜做饭。母亲看到天羽把家安排得井然有序，还要忙着去上班，很感欣慰。晚上，大院里若是演电影或演戏，天羽便请母亲和妹妹去看。下班后他也常去大院的饭馆买回母亲喜欢吃的东西。假日里我们陪着母亲和妹妹游览了中山陵、玄武湖等南京的风景名胜。

有一次天羽骑着自行车带着妹妹去看电影，被他的同事遇见了。第二天，那位军官笑嘻嘻地问："昨天你骑车带的那位漂亮女孩是谁？能给介绍一下吗？"天羽说："怎么？见到漂亮女孩就想要跟人家谈婚论嫁呀。她是我小姨子，不过没戏，她还要上大学呢。"

有时我和天羽下班，母亲和妹妹、奶妈会把儿子王宇藏起来。我们一进门见不到儿子，就边找边喊他。当我们找到躲藏的儿子时，大家都哈哈大笑起来。

短短几个月的相处，母亲感到天羽这个女婿既顾家又喜欢孩子，也疼爱妻子，于是就放心地回家了。

大儿子出生一年半后，1958年8月，我们的第二个儿子又出世了。在怀孕期间，我们都盼着第二胎能生个女儿。在我住进产院时，天羽正好出差在外地。他打来电话询问，我告诉他是顺产。他问我："是男孩还是女孩？""是儿子。"他说："怎么又生了个儿子？"

我问他："什么时候来接我出院？"他在电话里说："暂时回不去，工作很紧张，你自己找个车回家吧。奶妈也已经找好了，随时都可以来。"当时我觉得他是因为我又生了个儿子，所以不愿来接我出院，心里很生气。哪有产妇出院自己抱着婴儿，手里拿着东西，一个人回家的？这简直是冷落我。

出院时，护士帮我收拾东西，一边送我一边说："你丈夫为什么不来接你呀？"我说："没关系，我一个人也能回去，他出差在外地，回不来。"我坐上由医院叫来的汽车，抱着小儿子，看着他可爱的小脸，心中无比喜悦。我吻着他的脸，心想这次我不能再打回奶针了，一定要给儿子喂母乳，不能委屈他。

回到家，秀英奶妈已在等候着，家里拾掇得整整齐齐的。她抱过孩子和我一同上楼，孩子的小床也安排妥当了。

两周岁时的王朔

过了两天，天羽回来了，他进门便直奔小儿子的床前。吻着甜睡中的儿子，他高兴地说："又给我生了个漂亮儿子，太高兴了。可是奶妈怎么没来？"我说："我想给儿子喂五十六天的母乳，上班时再请奶妈来。"

关于第二个儿子的名字，这里还要说几句：天羽给他取名叫王岩。几年后上了小学，我们的二儿子发现班上有个姑娘也叫王岩，便查了字典，给自己改名叫王朔，由他爸爸去办理了改名手续。就这样，从小学起，大家便都叫他王朔了。

在五十六天的哺乳期里，虽然愿意喂奶，可是我的奶水不够多。一天，我抱着小儿子喂奶时他哭个不停，也不肯吃，我也急得哭了，天羽过来问："妈妈孩子都在哭，出了什么事？""他不吃奶，喂也不吃。""你的奶水不够吧，他吃不饱就哭呗。"我想天羽说得也是，就决定让秀英奶妈把找好的奶妈叫来。这个叫育民的奶妈是秀英的老乡，安徽无为人，长得白白净净，人很和气。

对天羽未能来接我出院，我始终感到委屈。他出差回来后，我问他："生孩子这么大的事，为什么你不能早点请假回来接我，你心中还有我和孩子吗？看到别人由丈夫、妈妈高高兴兴地接出院，我却一个人抱着孩子回家，差点哭出来。"天羽解释说："我当然着急回家，但正赶上重要课题，任何人都不能离开。这毕竟是公事，接你出院是私事，在这种情况下，我只能服从。希望你能理解，不要再为这事难过了，会影响奶水的。"

第十二章　在湖北防治血吸虫病

在小儿子未出世之前，我们已接到军委命令，全国各军医大学的数量要减少，大都转为地方大学，军事院校的校医院也都转为地方医院。我所在的校医院不但转成地方医院，还要迁至湖北支援外地，同时医院的设备也一并迁走。

我因为休产假，未能和搬迁的医院同期离开南京。五十六天产假期满后，就得立刻去湖北疫区参加防治血吸虫病的工作。因此，我必须离开刚满月不久的小儿子，他要由奶妈单独喂养了。作为妈妈，想到就要离开两个儿子去很远的地方救治病人，何时能回来还不知道，我心里很不舍，也很不放心。我多想再推迟一些时间，抱抱小儿子，摸摸他柔嫩光滑的皮肤，看着他白胖的小脸。但是，长期的军人生活让我习惯于在工作上只有绝对服从，个人服从组织，下级服从上级，这是准则。我没有机会守在家里，看着儿子会笑、能爬、能坐起来，叫一声妈妈，我的时间和精力都在病人那里。

天羽给我买了头等舱的船票，他体谅我，孩子刚满月不久，他希望我路上能舒适些。

我收拾好东西，临行前，我看着一岁多的大儿子，他刚刚学会走路，走得还东倒西歪的。我抱起他："妈妈要走了。"还不懂事的孩子乐呵呵地伸出小手摇摆着，他哪里知道妈妈把离别的泪水往肚里流的滋味。放下大儿子，我又去看酣睡在儿童床上的小儿子，吻了吻他稚嫩的脸蛋。我没有叫醒他，他太小，怎么能理解妈妈的心呢？

天羽提着一兜子吃的送我上车。我含着泪告别两个儿子，又嘱咐两个奶妈带好孩子。我不知是怎么上的车，车又是怎么驶上马路的，脑海里一直在翻腾着：两个幼小的孩子交给奶妈行吗？天羽一个人应付得了吗？

车停在码头，天羽送我上了轮船。那是个三四层高的大轮船，头等舱的房间像火车的软卧车厢。天羽把行李放下来，我们坐了一会儿，他就下船了。

我走之后，家庭重担就完全落在天羽的肩上了，而他并没有表现出为难的情绪。

船起航了。我独自一人走到甲板上，扶着栏杆望着平静的水面，对儿子的牵挂占满了我的内心。我在船上走了走，这里有餐厅、电影院，晚上还有舞会，夜宵是各种风味小吃，可我对这些实在没什么兴趣，只好又回到自己的铺位上。

到了湖北宜昌码头，医院的同事来接我，久别重逢，大家都很高兴。同事们告诉我，医院从院长、政委到所有的军人全部转业，大家都脱下军装，在宜昌成立了地方医院，正在盖病房大楼。

内科主任派我去疫区防治血吸虫病。他问我："你的孩子刚满月不久，身体恢复得怎么样？派你去疫区没意见吧？""我很好，孩子也都好。""那好，你准备一下就出发，防治组已经开展工作了，那里可是重灾区。"他接着说明了疫情，"估计全国约有七百万左右的血吸虫病患者，患上这种病的儿童和青年会发育停滞。疫情严重的村庄，很多人相继死亡，全村人所剩无几。"

听到这些话，我越发感到作为医生的责任重大，很快奔赴疫区。到了那里，出现在眼前的是骨瘦如柴、大肚子细腿的病人。医疗队搭建了很多帐篷当做临时病房，我们要给病人化验血、粪便，做乙状结肠镜检查，取标本查虫卵，一经确诊便开始治疗。护士们忙着给每个病人按疗程静脉注射锑剂，这种药在当时是治疗血吸虫病的特效药。病人多时，护士忙不过来，医生也要帮助护士给病人静脉注射，有时到了晚上我们还点着灯夜以继日地救治深受病痛折磨的病人。

护士长曾问我："薛医生，你刚休完产假就来到这里，工作这么紧张，生活条件也差，适应得了吗？""没事，我一切都好，这里的工作比什么都重要。他们的病这么严重，发病人数这么多，救治他们也是我们的责任。"护士长又问我："想你那两个宝贝儿子吗？"我说："紧张的抢救工作开始之后，我就没时间想他们了。"

接到通知，我所在的小分队要坐小船划到对岸村庄诊治病人，同去的有护士、化验员和其他医生。我们来到江边，在老乡的带领下上了小船，老乡用一根长竹竿划着船，在江上缓慢行进。

这是我在工作中第二次坐小船。上次是抗美援朝时在惊涛骇浪中前行。想起那次乘船险些葬身于风浪中，至今还有些后怕。这次则是在风平浪静的江水中行船，还有心欣赏周围的景色。

一个多月后，突然接到天羽发来的电报："孩子病重速归。"我急得马上找主任请假。还未等我开口，主任就说："你的电报我已经知道了，快回去吧，这里的工作我会安排好。"

一路上，我猜想电报中说病重的孩子可能是小儿子王朔。到了南京，我心急如焚地雇了辆车，催司机开快点。到了家，顾不上理会向我问好的天羽和奶妈，我飞奔到楼上，一眼看到躺在床上的小儿子，小脸黄黄的，没有血色，也没有一点精神。我抱起他，泪水夺眶而出。

我问育民奶妈："这到底是怎么回事，是不是你的奶水不够？"育民奶妈脸色很难看："不要辞退我，我说实话，是我对不起你们和孩子。"我让她说下去，"不知什么原因，我的奶水慢慢就少了，不够他吃，他哭，我就用奶瓶喂给他水喝。"我很愤怒："喝水能喝饱孩子吗？你为什么不立刻告诉他爸爸去买牛奶喂孩子？""我怕告诉他，他会把我辞退。""那你就忍心饿着孩子？你也太狠心了。"

秀英奶妈插话："孩子爸爸给我钱，给她买了下奶的鱼和猪蹄都下不来奶水，急死人了。"我问育民："你是不是想家啦？""没有，我的孩子死了，我和丈夫也离婚了，我已经没有家了。"说着她也哭了起来。

我和天羽马上下楼去买牛奶和奶粉喂给小儿子。当看到他叼着奶嘴不停吸吮着咕咚咕咚喝奶时，我们都长出了一口气。我和天羽商量，还是让育民奶妈留下来，小儿子改成人工喂养，由她来喂。我把怎么喂牛奶，量如何配，奶瓶如何消毒，还有如何加钙片和鱼肝油，什么时候加蛋黄、菜汁以及橘子汁等写下来贴在墙上，让育民奶妈遵照着做，让天羽负责督促检查。

大儿子王宇早已断奶，秀英喂得很好，孩子长得白白胖胖的可爱极了。他见到我已经会叫妈妈了，这令我兴奋不已。他也能自己吃东西了，我告诉秀英要变着花样给他做可口的。

那次我在家里待了一周，小儿子喝了牛奶，眼看着一天天胖了起来，脸色也变得白里透红，很有精神，一逗便笑。我对天羽说："问题解决了，我也该回湖北去继续工作了，实在难为你了，又当爹又当妈的不容易。"

回到医院，同事们热情地关心我的孩子的情况。接下来，我又投入到紧张的工作中。经过医护人员的诊治，当地大部分血吸虫病人的病情明显好转，他们的体重逐渐增加，劳动能力也都在逐渐恢复。我们告诉病人们，以后需要定期复查。当地政府随后也大力开展了消灭钉螺运动及搞好公共卫生的工作。看到患者们恢复了健康，我们感到无比欣慰。

过了一段时间，医院接到命令，作为院校军官家属的医生、护士要全部返回南京，再另行分配。同事们依依不舍地互相道别，我从湖北又回到了家里，乐坏了天羽和奶妈们，一家人总算团聚了。

我被分配到南京市立第一医院，正式从军医转为地方医院的住院医生。在这里，医护之间的关系都很融洽，我的工作也很顺利，心情很舒畅。有一次，内科主任宣布"五好职工"的评选结果，名单中有我的名字，我不好意思地说："我来的时间不算长，名额就让给别人吧。"主任说："这是大家评选出来的，你就不要谦让了。"

生活总算稳定了下来，一有时间我就和天羽带着不到两岁的大儿子去公园。王宇走走就要大人抱，天羽和秀英阿姨轮换着抱他。小儿子王朔还太小，只知道吃奶睡觉，也已经养得白胖白胖的。我们出去游玩时，就把他和育民奶妈留在家里。

第十三章　新北京的新开始

　　1959年初的一天，天羽下班回来告诉我一个消息："上级命令部分教师要调到北京，工作另行分配，家属也跟着走。现在首都需要人，学校必须放人。作为军人，我只能绝对服从。"我向他感慨军人生活的动荡："我们的生活刚稳定下来，这下又要调动工作。两个孩子还这么小，小儿子王朔才六个月大。"他安慰我："这次调动不是咱们一家的事情，院里不是还有很多人也都调走吗？谁家的孩子都不大呀。而且北京不会像南京这么热，那边冬天也有暖气，两个孩子再也不会受那么多苦了。"听他说到这里，我不禁生出一丝欣慰来。

　　如今回想起来，让我重新选择的话，我还是愿意和天羽一起调到北京来。毕竟我和他都是北方人，不适应南方的气候。那里的夏天太热了，恨不能整天泡在浴池里。冬天又没有采暖设备，冷得彻骨。

　　在南京的夏天，两个孩子睡觉，大人得拿把扇子对着他们扇来扇去，可仍然不觉凉快，大人孩子都满身大汗。孩子醒了抱起来，席子上便印着清晰的汗迹，马上就得给孩子洗澡。夏天到了晚上，室内简直不能待，我们经常把床和蚊帐一起抬到院子里。有时在外边睡得正香，突然被雨点打醒，又慌忙把床抬回屋里。在最热的天气里，医院安排工作人员只工作半天，另外半天在家休息，只留下值班医生和护士，病房里则放上大冰块来降温。

　　到了冬天，室内室外几乎一样冷。孩子小，我们只好买个炉子取暖。晚上钻进被窝就像跌进了冰窖，腿常常一夜不敢伸开，只好蜷着睡。后来，我们在每个被窝里都放上暖水罐，又担心睡熟了不小心烫伤。在东北那么多年，天寒地冻的冬天我从来没有冻伤过，可是在这里我的手却被冻伤了，手背肿得像个馒头。

当然，南方也有许多使我留恋的地方——美丽的景色，湿润而新鲜的空气，各种各样的新鲜活鱼……

搬家的日子临近了，我们决定只带一个保姆走，由我来和她们谈。我走到保姆的房间，她们站起来抢着问我："我们要搬到北京去是吗？""是的，可是只能带上育民和我们一起走，因为小儿子还小，需要她。"秀英的脸有点拉长了："王宇也不大啊。"我劝她："我知道你很辛苦，孩子喂养得也不错，我们也舍不得你。这样吧，你先回家，毕竟家里有丈夫、儿子。以后外边有事做，我会给你写信的。"听罢此言，秀英抱起大儿子哭了起来。我安慰她："以后王宇长大了，我会让他去乡下看你，记住你是他的奶妈。"

1959年3月的这次搬家，是我在少年时从沈阳搬到北京后经历的第二次搬家。临行那天，邻居们热情地为我们送行。那天很多家都是大包小包不少行李，学校派车送去火车站。一路上两个孩子都很乖，到达北京后，接应的人安排我们全家先住在招待所里。

北京的春天阳光明媚，风景宜人。由于天羽和我都在等待分配，曾经每天从早到晚忙于工作的我，从来没有像那段时间那么清闲。我们带着大儿子王宇游览了多处名胜古迹，感受着春天的温暖。我们抱着王宇，指着花满枝头、争奇斗艳的桃树、梨树、杏树教他："这是桃花，那是梨花。"他跟着牙牙学语，轻松愉快的一天就这样过去了。

过了几天，天羽被分配到总参工作，我们还分到了一套位于复兴路29号院的两室一厅的单元房。家属楼在大院后边，前边是办公楼，天羽上班就在院内。大院里还有食堂、幼儿园、门诊部等。这个大院虽然比南京的大院小很多，但出了院子便是大街，马路对面就有商场，生活也很方便。

我很希望被分到离家近一些的地方医院工作。这时，总参有人找天羽谈起我的工作，说总参门诊部需要军医，如果我愿意去，就能恢复军籍，军衔待遇同前。天羽问我："你愿意去吗？"我告诉他："我还是希望能在地方医院工作，那对提高我的业务技术更有帮助。"天羽劝我："去门诊部不值夜班不好吗？""我不在乎值夜班，"我的倔劲上来了，"我不后悔。"

后来我到西城区卫生局报到，接待我的是一位稍胖、个子不高的科长，那还是我第一次和地方官员打交道。他很和气地对我说："我们非常欢迎转业军人，你们会给地方医院带来好传统、好作风，希望你能去基层门诊部工作。"我没料到他也让我去门诊部。"我想去医院工作。北京的医院很多，我又是从部队医院转业的，所以希望去医院。""可是基层需要你啊。"而我坚持认为基层门诊部庙小，会耽误我的业务水平："基层门诊部我绝对不去，我不服从这个分配。"

他仍然耐心地想要说服我，最后答应分配我到离家不算远的复兴医院："不过你要先去基层的门诊部工作两个月，帮助建立常规制度，给他们讲讲课。"我同意了，出来后感到一阵轻松。

没有正式上班前，我和天羽去东城区看望了他的姑父，也就是我的干舅舅刘澜波。那时他已调到北京任水利电力部副部长。他住的四合院大门旁有两个石头狮子，门房引我们从影壁旁走进第一进院子，然后从边廊走进第二进院，再进第三进院，舅舅就住在这里。

舅舅高兴地迎上来，看上去他的身体很好。坐在沙发上寒暄了几句后，大家便谈起我们的工作情况。舅舅还告诉我们，他曾去沈阳出差，看望了我的父母，"他们身体还好。"舅舅的原配夫人，也就是天羽的亲三姑在解放前就去世了，新舅母是个热情的南方人，她是位司长，工作也比较忙。舅舅留我们吃午饭，舅母按照舅舅的口味安排厨师做了东北菜，也很合我们的口味。

我打心眼里敬佩舅舅。他虽是个生长在富家的独生子，但没有富家子弟的习气，大学时期就参加了革命。是他帮助我母亲逃离封建家庭去了日本，也在我求学的道路上帮助过我，令我心存感激。

我和天羽都上班了，两个孩子交给育民阿姨一个人带。当时幼儿园规定，孩子要到三周岁才能正式入园。我们的两个孩子都还小，真是够育民阿姨忙的。幸亏天羽在院内上班，多少能帮助照料一下。他常从食堂打回饭菜，以减轻阿姨的家务负担。

上班的头两个月，我依照承诺去基层门诊部工作。位于西单北的门诊部离家比较远，要换两次公共汽车。每天我吃完早饭就去上班，孩子都还在睡梦中。每天下班回家，我要从西四上车到西单下车，再等从西单发出至新北京（当时称公主坟以西长安街沿线的区域为"新北京"）的公交车。当时只有这一条公交线路回家，大家都耐心地等车，不管刮风下雨，排队都很有序，没有争抢。

等我回到家，孩子们往往已经入睡了。孩子白天看不到妈妈，妈妈也看不到孩子一天的活动。我多想陪着他们天真活泼地成长，但是作为一名医生的使命让我无法享受这种快乐。

门诊部的人有些是旧社会开业医，经过学徒而行医的，只有一位是大专毕业的医生。我和他们共同商讨医疗常规及正规处方的写法，还讲了一点课，大家相处融洽。两个月后，当我要离开门诊部时还有点舍不得。

随后，我去离家不远的位于木樨地的复兴医院报到，被分配到内科病房。我的年资是住院医，上级是主治医生，再上级是科主任。这是好不容易争取来的工作岗位，我下决心努力学习，从头干起。医院虽然不算大，可是各科齐全。令人高兴的是，我每换一个新单位都能得到新同事的关照，这让我总能很快地熟悉新环境，迅速投入到工作中去。

天羽告诉我，换新单位后要和党支部联系上，把入党积极分子培养计划的介绍材料交给党支部，再写一份入党申请书交上去。在这里我能感受到党委、党支部对我的关心，我也要求进步，很快当上了团支部书记。我认真地做好团的工作，在节假日里，还组织团员们去北海公园划船，大家玩得非常开心。

第十四章　失而复得的小王朔

　　来到北京不久，我们就赶上了三年全国性饥荒。政府要求每个干部、学生、职工、军人缩减粮食定量，天羽和我主动减量，生活全靠按定量发下来的粮票买粮食，所幸天羽所在的部队有些特殊补贴，多少可以照顾到两个儿子，但也相当有限。

　　我每天早出晚归，时常为饥饿所困。家里那点吃的东西，我们不舍得吃，有时候饿得肚子咕咕响，拿起吃的放在嘴边又放下，想想还是把它留给儿子们，他们还太小，需要营养。天羽看见我这样，心疼地说："你饿就吃点吧，身体要紧。"为了节省口粮，我去厨房在碗里倒点酱油，再兑点水喝下去充饥。

　　那时，常有人得了浮肿病来门诊看病。有一天急诊来了位深度昏迷的十四岁小女孩。转入病房后，据她母亲说，她和弟弟争吃一块烤红薯，在争执不下的情况下，母亲叫她让给弟弟吃，谁知她想不开就偷吃了家里的安眠药。她的母亲后悔至极："医生求求你想办法救活她，这都是我不好。"

　　女孩子的情况很严重，发了病危通知，我们立刻实施抢救，治疗了一天，病人仍未清醒，但血压逐渐稳定，紫绀消失。我给天羽打电话，告诉他我正在抢救一个深度昏迷的小女孩，得等她脱离危险、清醒过来，我才能回家。天羽在电话里说："家里有我，你放心抢救病人吧。"他理解我，一直都在默默地支持我的工作。

连续三天我没有离开病房，和护士一起守护在她的病床前，晚上我就在病房休息，随时观察病情变化，以便安排治疗。三天三夜后，小女孩终于醒了，脱离了危险。我们高兴得难以言表，她的母亲含泪感谢大夫、护士。我告诉她："今后要平等对待两个孩子，你那时要是把这块红薯掰开，一个孩子一半，不就没事儿了？"

我疲劳地回到家里，心情轻松而愉快。我们又救活了一个危重病人，这比什么都让人高兴。

不到一岁的小儿子王朔正赶上三年困难时期，我很为他的营养发愁。一天下班，我从公交车上下来，看见商场旁的路口站着一个农村妇女，她胳臂上挎着个篮子。我快步走上前去问她："篮子里卖的什么？"她掀起上面盖着的布对我说："是自己家养的鸡下的蛋，想换点零花钱。"我看着这些新鲜鸡蛋，如获至宝，全买了下来。又问："你常来这里卖鸡蛋吗？"她说："要攒够数就再来卖。"

我提着鸡蛋往家走，感到脚步也轻快了许多，育民阿姨总算能给孩子们做点补充营养的鸡蛋吃了。

从那以后，我每天下班就站在那个路口等卖鸡蛋的人，但是多日也不见她来。我想着怎样能让孩子再吃上鸡蛋，就和天羽去市场买回来五只小母鸡，放在阳台上精心喂养，眼看着这群活泼的小鸡从一身黄黄的绒毛到一对扇面似的翅膀愈长愈大，我告诉儿子们不许伤害它们。为了让鸡能早日下蛋，我每天下班回来都要买上一棵白菜，剁碎了和玉米面混在一起喂鸡。小鸡很快长大了，不久便开始下蛋，我们几乎每天都能收获四五个鸡蛋，不再愁没有鸡蛋给孩子吃了。

当时每家都有副食本，白糖、油、肥皂、火柴等都是每月按人口定量供应。记得大儿子曾经对我说："阿姨偏向弟弟，她总抱弟弟，不抱我，糖果也多给弟弟吃。"我马上安慰他："阿姨同样喜欢你，因为弟弟小，抱他的时间就要多些。糖果多给一块，也是因为他小。你如果想吃就跟妈妈说。"其实，我在不知不觉中也还是偏爱着小儿子。

现在想起来，难为了大儿子。他只不过比弟弟大一岁多，我们却硬让他拿出大哥哥的姿态。回想起来，是我们做父母的未能完全理解儿童心理，一味让他让着弟弟。这样日久天长，大儿子真成了名副其实的大哥哥。

大儿子王宇到了三周岁要去幼儿园了，我和他爸爸告诉他，幼儿园有很多小朋友可以一起玩，还有老师教唱歌、做游戏。王宇很乖，在幼儿园上全托，每次送他回幼儿园时，都很听话。

两年后，小儿子王朔也满了三周岁。育民阿姨那么娇惯他，送他去幼儿园可没有大儿子那么省心，他不愿意去，想赖在家里自由自在。我和他爸爸坚持送他去受教育。到了幼儿园大门口，他就哭着要回家，当送到小班教室，他见到的是一位漂亮又和气的年轻女老师，于是停止了哭泣。老师劝我们："你们快走吧！没到接孩子的时间不要来。"其实幼儿园的老师都很喜欢王朔，夸他长得可爱。

在王朔一岁半以前，我是把他当成女儿养的：留着长头发，梳个小辫子。当时，很多人都以为他是个女孩。有一次他要撒尿，被人家发现原来是个男孩。有人劝我，即使没有女孩也不能把男孩当女孩养，这样他就会变得像个女孩，缺少男孩的性格。我接受了他们的意见，就给他理了个男孩头，穿上了男孩衣服。

王朔刚去幼儿园时，虽然哥哥只比他大一岁多，但每天都到小班去给弟弟穿衣服、收拾床，晚上帮弟弟脱衣服，抱到小床上盖好被子，再回到自己的班里。这些情景，我和他爸爸是在玻璃窗外偷偷看到的。哥哥这样疼爱弟弟，这么小就知道关心弟弟，我们很是欣慰。

困难时期实在没什么好吃的，王朔爱吃小豆干饭、豆腐。他老姨放暑假时从沈阳来北京，我下班后她告诉我，王朔戴着白色围嘴坐在桌子前喊着要吃豆腐，她让他爸爸去食堂打回来，放在他跟前，他才高兴地吃起来。

王朔从小不爱说话，一次他不小心把一个漂亮杯子打碎了，我有点心疼，对他说："怎么这么不小心。"他不吭气，也没害怕。为了教育他，我领着他到商场又买来一个杯子放到原处。这件事，王朔自始至终没说一句话，不知他那时心里是怎么想的。

做家长的最怕孩子生病。幼儿园麻疹流行，那时还没有疫苗，而麻疹的并发症很可怕。我从我的静脉中抽出十毫升血，分别给两个儿子每人五毫升肌注，以增强他们的免疫力。后来他俩虽然也感染上了麻疹，但病情都比较轻。

两个儿子小时候常患急性化脓性扁桃腺炎，发高烧。我们决定在上小学之前把扁桃体摘除。大儿子在三〇一医院顺利做完手术，王朔也在六岁前住进我们医院的五官科，做了扁桃体摘除术。

那天，我快查完病房时，五官科的护士长打来电话："薛大夫，你可要来管管你的儿子了，王朔小朋友查房时见不到人，到处找才发现他钻到病床底下，来回跑着玩，让他出来他也不肯。"我查完房立刻下楼去五官科病房，看到儿子正在床底下玩。我答应给他买冰激凌，才好不容易把他劝出来。王朔的手术顺利完成后，我赶紧把孩子接回了家。为这件事，文化大革命期间有人贴大字报，说我上班时间去其他科室看自己的儿子，不坚守岗位。

国家经济情况开始恢复，供应也随着好转。为了保持卫生，大院要求各家养的鸡在规定时间内全都处理掉。我们心里实在舍不得，它们是有贡献的，每天还在下蛋。不得已，还是要服从大院的规定。就这样，我们狠心地一个个杀了它们，吃着鸡肉，虽然鲜美，但心里总是不好受。

当时，两个孩子都上幼儿园全托，两周接一次，不再需要看护。天羽给育民阿姨安排到老将军家里去工作。赶上幼儿园休大礼拜，是接孩子回家的日子，两个孩子都很高兴。他爸爸从幼儿园接回两个儿子，又从食堂打回饭菜，有他们爱吃的熘肉片、红小豆干饭。两个儿子边吃边说："大人的菜好吃。"弟弟不客气地专拣他爱吃的，哥哥着急地说："妈妈你看，弟弟专吃自己喜欢的菜，不管别人。"我说："他小，让着他吧。""什么都让着他。"大儿子不满地说。

隔了两周，孩子们又到了回家的日子。星期天，我们早早把孩子叫起来，带他们去公园玩。两个孩子高兴地跳起来，换上干净衣服。他爸爸穿便服，我也打扮了一番，全家带上照相机去了北海公园。两个儿子不停地爬上滑梯，依次从上面滑下来，小脸流露出无比的欢乐和满足，玩得很开心。

当我准备好给小儿子照相，刚要按下快门时，他把手遮在脸上。我喊："快把手拿下来，妈妈正在给你照相。"可是他拧着不干，一会儿又跑开了。大儿子还算配合，但也是一副不愉快的样子。我说：

母子三人

"还不是因为没让他们划船。"

回来的路上，到了西单十字路口，我们看到有一个摊位摆着很多西瓜。他爸爸说："咱们买点西瓜吧，看起来很不错。"我递给他一个网兜，然后分头蹲着挑西瓜。我让小儿子站在他爸爸身后等着，我在另外一堆西瓜里挑，大儿子站在我的身后。

我挑好了西瓜放进网兜，站起来把钱交给摊主，拉着大儿子："咱们找你爸爸去。"他爸爸站起来说："挑好啦。"这时我发现他身后的小儿子不见了："王朔呢？孩子怎么不见了？"他爸爸的脸吓灰了，我的脑袋忽然大了："这孩子去哪里啦？他不会那么老实地站在你身后，也许到处跑，跟在别的男同志后面走了，你们都穿着同样的白衬衫啊。"我们心急如焚，惊慌地往回家换车的方向跑，一边四处寻找着。

跑到不远的地方，有人把我们叫住了："你们是在找一个小男孩吧？"我马上说："是呀！他在哪儿？快告诉我们吧！"我快要急哭了。这位好心人说："我刚才看见一个穿白色短袖上衣的男同志，手里提着一个西瓜往前走，后面有个小男孩跟着他。那个人回头看见这孩子跟在后面，就说，你跟错人啦。孩子说，我找爸爸。那人说，我不是你爸爸，不要再跟我走了。孩子说，我爸爸他在哪里啊？于是那个男同志拉着小男孩送到了交通警察那里。你们快去岗楼那里去找吧。"

听罢，我们谢谢了这位好心人，便急忙往回跑，跑到十字路口，看到王朔在马路对面的交通岗楼下站着。当时正是红灯，绿灯一亮我们就飞快地穿过马路，天羽一把抱起小儿子："儿子啊，你可吓坏我们啦。"王朔年纪虽然小，但没哭，好像他很自信的样子。

哥哥王宇看到弟弟就说："你上哪儿去啦，把爸爸妈妈急坏了。"王朔听了一声不响。我说："不要怪弟弟，他还小。"确实，这事是大人做得不对，不应该放手让他一个人站在那里。

警察说："你们要看管好自己的孩子，幸亏有好心人把他送到这里来，才没走丢。"

"是啊，谢谢。我们非常感谢那位好心人，他姓什么？"

警察说："不知道姓什么，他把孩子送来就走了。"

我们一只手提着西瓜，一只手拉着孩子，在回家的公共汽车上，我左思右想实在后怕，万一真丢了可怎么办呀。

经历了这次有惊无险的事，我好像吓出毛病了。如果不能按时见到孩子，就要马上去找，否则就会胡乱猜想孩子是否出了意外。

我们兄妹五人中，最聪明的当属大妹妹和弟弟，大妹妹的数理化非常好，还掌握了俄、英、日语。高中毕业，她取得了全校第一名的好成绩，被保送到北京上大学，选择了航空专业。在读大学时也赶上了困难时期，她要求进步，主动减下不少粮食，星期天偶尔到我这里改善一下。可惜家里也没什么可做的，只能包些菜团子窝头，我这做姐姐的实在过意不去。

大妹妹知道我工作忙，承诺带两个儿子划船却一直没有实现，于是她就在一个周末带上他俩去公园划船。那天我去上班了，天羽出差还没回来。下班后我回到家，却没见着大妹妹和两个孩子。天色已晚，我失去了耐心，开始坐不住了，胡思乱想：莫非出事了？翻船了？孩子掉进水里了？或者一个孩子丢了正在找？想着想着，我的脑子已经乱了，于是慌乱地哭了起来。

这时突然听见敲门声，我快步奔上前去开门，是大妹妹带着两个孩子回来了，虽然他们满脸愉悦，可我还是忍不住泪水。大妹妹奇怪地问："姐，你怎么哭了？"我不客气地训她："谁让你这么晚才带孩子回来！"大妹妹有点不高兴："我是他姨，带两个孩子出去你还不放心呀？你工作忙，我好心带他们出去玩，你倒埋怨我。"我看她不高兴，孩子也平安回来了，就去安慰她。两个孩子你一言我一语："今天玩得太高兴了，三姨还给买好吃的呢。"

我的小妹妹在大学放暑假时同样会来北京陪孩子玩。两个孩子都喜欢老姨和三姨，和她们说些心里话，能玩到一起，他们对两个姨的感情很深。而我由于工作繁忙，给孩子的爱太少，两个妹妹在某种程度上填补了这份母爱。

1960年底，我被评为北京市劳动模范，在人民大会堂参加了颁奖大会和晚宴。同年我被批准加入中国共产党。那个时代入党是许多人的最高理想。大妹妹也入了党，我说："真不简单，能在大学读书期间入党，我为你感到骄傲。"

一天下班回到家里，我兴致勃勃地走到正在看报的天羽身旁，他放下手中的报纸问我："什么事今天这么高兴？""明天是周末，医院通知女大夫和护士去中南海参加舞会。"他露出一副不快的样子说："不要去了吧。""为什么？"他说："周末你一个人去玩，把我扔在家里，这公平吗？又不是抢救病人。"

后来，每周六的舞会我再也没去过。大学时周末的舞会我都参加，朝鲜停战后举行的舞会我也很积极，可是到北京后再也没参加过舞会。不过想想天羽在事业上能支持我，也就满足了。

现在回过头从他的角度来看，我能理解他的心情。这是作为一个男人的正常心理。我得承认，那时我的一些行为只想到了自己，并没有充分考虑到另一半的感受。

第十五章 一边是亲情，一边是事业

　　一转眼，两个孩子先后到了上小学的年龄。当时是"文革"刚开始，他们在离大院比较近的翠微小学就读，吃住还是在大院内办的辅导班里。和在幼儿园时一样，他们每两周回家一次。放学后他们回大院辅导班由老师辅导作业，这样就免去了做父母的后顾之忧。当我看到孩子们的语文、数学考试得了双百分时，心中充满了喜悦。

　　我们医院的院长曾派我去北京医学院附属医院进修过一年，回来后，我的医疗担子便加重了，被提升为内科主治医生，负责有五十张病床的大病区。

　　有一天上午我正在查房，突然电话铃响了。护士拿起听筒说了几句便叫我："薛大夫，快来接电话，你孩子病了。"我停下手中的工作接过电话，对方是大院门诊部的医生，他说："你的小儿子王朔在学校发高烧40℃，自己回家看病。门诊部医生立刻送他到三〇一医院急诊室，经检查确诊为急性阑尾炎，需要立刻手术治疗。三〇一医院没床，要转到三〇四医院住院，请你快回来。"

　　听完电话我急坏了：这可怎么办？一边是五十位病人要等着查房决定治疗方案，其中还有危重病人，一边是小儿子要急诊手术，我真是焦急万分。我多想迅速赶到儿子身边，他高烧、呕吐、腹痛难忍，非常需要妈妈的陪伴。可是，那时正值文化大革命期间，内科主任已靠边，作为主治医生，工作的担子只有自己承担。病人的安危，医生的使命，儿子的病情，使我陷入极度为难的境地。

我分析了三〇四这样的大医院做阑尾炎手术是绝对可靠的，医生的责任使我不得不留在单位。我给大院门诊部医生回电话："实在对不起，我现在脱不开身，这里还有很多病人需要救治，王朔他爸爸出差不在，拜托您替我送他去医院住院，替我给手术签字。等我把病房处理完就马上去医院。告诉孩子，我忙完就去看他，让他听医生的话。"大院门诊部的医生答应了，然后我开始查房。这天赶上来了几位休克型肺炎重症病人住院，我带领医生、护士开始了紧张的抢救工作，在病人没有脱离危险的情况下，大夫不能擅自离开病床。我继续指挥抢救，直到下午两点多，病人的呼吸渐渐平稳，口唇紫绀消退，血压回升，体温下降，大家这才松了一口气。

我又赶去看一位刚住院的上消化道出血的病人。见他面色苍白，我急忙问住院医："血压怎么样？""血压目前稳定，但是血色素比在急诊室时有所下降，仍有柏油便，加压输血中。"我立刻说："不能内科保守治疗了，立刻急请外科会诊。"外科医生迅速来到病房，经过内外科讨论，患者有溃疡病史，我们决定立刻备血转外科急诊手术。经备皮后病人转入手术室，我们才松了一口气，一看表，早已过了下班时间。

一想起小儿子还在三〇四医院的病床上，虽然有些疲劳，我还是立刻打起精神迅速赶回家。天色渐暗，我带着大儿子坐上公交车赶到医院，直奔外科病房。我们走到小儿子病床前，看见他平静地躺着。"妈妈和哥哥来看你啦，想妈妈了吗？"小儿子委屈地说："为什么这么晚才来看我？住院要开刀，只有门诊部的医生来送我，家里什么人也没来。"我差点儿要流下泪来，说："是妈妈对不起你，实在是脱不开身。"这么小的孩子做手术，肯定希望有亲人在身边，但我却没有做到。我问儿子："痛吗？"他说："现在已经不疼了，是用针麻手术的。"我鼓励他:"你真是个勇敢的孩子,过些日子拆了线就完全好了,好好听大夫和护士的话。"

哥哥留下和他聊天,我走出病房找值班医生。医生拿出病历:"你是他母亲?"我说:"是,我想了解一下王朔的病情。"他说:"这孩子很勇敢,针麻手术很成功。送来的还及时,现在一切平稳,记得常来看看孩子。"听了医生的介绍,我总算放心了。

七天后拆了线,我把王朔接回家。他恢复得很好,很快就上学了。

王朔的这次阑尾炎手术,我未能陪在他身边,估计他会误认为妈妈不爱他,只爱她的病人。我想他那时一定感到很孤独。儿子呀!妈妈最爱的就是自己的孩子,可是妈妈也牵挂病人。这些病人从住院那一天起,就把自己的宝贵生命交给了医生。妈妈是医生,要对他们的生命安危负责。一次我问小儿子,能原谅妈妈吗?他说不能原谅,我听了很难过,只希望儿子长大后能够原谅我。

母子三人

两个孩子到了小学四年级以后,不再在大院辅导班生活。他俩都回家住,在食堂吃饭。我们给孩子买好饭票由他们自己选菜,每个月的饭票足够让他们吃好。在孩子吃饭的费用上,我们从不吝啬,毕竟他们正在长身体,营养要跟上。

他爸爸经常出差,我则早出晚归,根本无法照顾他们。不过,这样也锻炼了他们独立生活的能力。家庭担子交给了大儿子，他小小年纪就撑起了这个家，带领弟弟去上学，去食堂吃饭。我告诉他每人每天只能吃一块糖，不要多吃，他都照办。我告诉他们要把家里的卫生搞好，于是哥哥带着弟弟打扫房间，每当我下班回来，家里都很干净整洁。

王朔上翠微小学时，曾对我说："我们的女老师长得不好看，我不爱听她讲课。"于是，上课时他便低着头不看老师。

王朔在六十一中学读初中时，一次老师正在上语文课，他忽然站起来："老师你那个字讲错了。"当时老师很不高兴，没理他。之后老师找家长，他爸爸去了学校，老师说，王朔上课不集中精神听课，扰乱课堂秩序，影响其他学生。他爸爸回来批评他时，王朔说，上课时给讲错字的老师提了个意见，老师便记恨他，这才找的家长。

别看王朔小，但他认为老师应该认错，讲错了就要纠正过来，那样老师就会受到学生的尊重。然而经过那件事，师生关系越来越紧张，最后没办法，我们只好给王朔转学，去山西太原和我弟弟的儿子一起在一所比较好的中学就读。半年后，王朔才转回北京续读高中。

那时已是六十年代末，"文革"期间，根据部队安排，我们家已经从复兴路29号院搬到东城区，由于当时孩子不能回原校读书，我只好去西城区四十四中学找到教导主任，说起前教导主任是我的高中同学，他们同意让王朔转至四十四中学一直读到高中毕业。

王朔读初中时，有一次我领着他去王府井购物。那么多年了，我们从来没有请孩子去饭馆吃过饭，就想借这个机会请孩子吃一顿。正要进饭馆，不知为什么我突然感到头晕，身上发冷，伴有恶心（那次是患了丹毒），几乎支撑不住了，我只好对王朔说："妈妈不舒服，得赶紧回家。"就这样，想请儿子吃顿饭的心愿也没能实现，至今仍然感到遗憾。直到王宇王朔哥俩长大参军复员回来，我们才有机会请他们到饭店全家聚餐。

家里的书很多，天羽是个爱书人，常常买书。两个儿子从小也都喜欢看书，特别是王朔更热爱阅读，国内国外的小说都看，连他爸爸的军事书也看，家里的书他几乎读遍了。我对天羽说："不一定非得买，可以去图书馆借一些书回来。"他说："买书的钱不该舍不得，知识是从书里学到的。"

父亲热爱阅读，深深地影响了孩子们。

　　平时我最怕有客人来，特别是在天羽出差时。也许我有点自私，但我不能耽误工作，怕没有时间去接待他们。

　　天羽的妹妹住在老家凤城的县城里，已经是四个孩子的母亲了。她来信说要逛逛北京城，看看天安门。那时正赶上天羽出差在外地，短期不能回京。收到信，我马上写了回信，信中说现在还不方便，因为你哥哥出差不在，我也没有时间接待。天羽出差回来后，我把这件事告诉了他。他说："我现在也忙，等闲时再让她来吧。"

　　谁知，没过多久，她丈夫来信说她因急性心肌梗塞病故，年仅四十岁。我难过极了，她想看看天安门的心愿永远不能实现了。这件事让我感到很内疚，觉得对不住她。可是在我看来，治病救人比什么都重要。作为医院的技术骨干，"事业第一"已经在我的脑海中深深扎根，不能因为私事影响工作是我的原则。后来，她的两个女儿来到北京，替母亲圆了看一看天安门的心愿。

记得我们从南京搬到北京后，母亲很想看看未曾见过的小外孙王朔，于是，小妹妹陪着母亲来到北京。那时两个儿子还都在幼儿园，母亲见到王朔非常喜欢，直夸他聪明。

由于母亲的到来，便发生了王朔偷着从幼儿园跑回家的事。他赖在家里不走，姥姥纵容他，害得幼儿园老师到家里来找他，还惊动了幼儿园园长。第二天小妹妹想办法才把他送回了幼儿园。

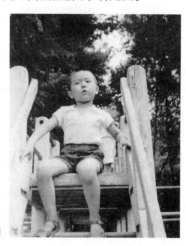

幼儿园时期的王朔

这件事我对母亲有意见。晚上，我对母亲说："妈，您破坏了幼儿园的规矩，不能这样放任孩子，他们从小不守纪律，以后会出乱子的。我继续说道："溺爱会害了他。您对我们小时候要求那么严，我们全做到了。"母亲说："我管你们那么严是盼着你们个个成材。"

王朔从幼儿园跑回家，可能是他天性喜欢自由，不受约束，而我不能纵容孩子不守纪律。我坚持原则而没有考虑孩子的感受，现在想起来还是做得不妥，伤害了孩子。

有一年夏天，突然黑云遮天，雷声阵阵。我正在上班，鸡蛋大的冰雹从天而降，路灯、玻璃窗顷刻间都被砸碎了，甚至有大树被砸倒，很多行人被砸伤。受伤的人不断来急诊室就诊，急诊医生忙个不停。来就诊的伤者说："大街上慌乱得很，马路全被冰雹铺满了，公交车也不能开动，就连天安门的路灯也砸坏了不少。"

那天我们内科几乎没人来看病。我坐在办公桌前，望着窗外慌乱跑进商店里的路人。忽然，办公室的窗玻璃被冰雹砸碎，雨水淋进了室内。我迅速把桌子拉到离窗子较远的地方，仍然坚守岗位直到下班。因为不知道家里会发生什么事，大家都归心似箭。我和同事们一样，一下班就赶忙收拾好东西回家。出了医院大门，雨和冰雹已经停了，马路上铺着一层大大小小的冰雹。我穿着塑料凉鞋，在冰块上走起路来很艰难，就索性把凉鞋脱下来，赤脚走在冰上。冰面高低不平很硌脚，我心急如焚，强忍着脚底刺痛，踩着冰走了两个小时才到家。我焦急地打开家门，看到两个儿子平安在家，这才放下心来。

我问道："你们怎么样？没出去吗？"王宇说："我们没出去，怕挨冰雹砸。我和弟弟还把阳台上的花全搬回了家里，雹子没砸着。"我顾不上去洗脚就夸他们做得好，又去各屋查看了一下，玻璃窗完好无损，真是幸运。

后来，他俩告诉我，楼下有个他们的小朋友，在天上下雹子的时候刚巧去海军大院看戏，路上他好奇地仰头看，被冰雹砸伤了一只眼球，不幸失明。他母亲下班回来才发现儿子受了伤，难过极了。为了治眼病，她带着儿子跑遍了全国各地，最后也是无济于事。

第十六章　母亲走了

1966年6月的一天，我接到小妹妹的来信，信里说母亲病重。我心急如焚，天羽让我立刻回去。请了四天假，他送我上火车时说："不要着急，不行就接到北京来治。"

到了沈阳，我能看出全家人盼着我回来的心情。母亲躺在床上，面色晦暗，失去了往日的神采。我很难过："我接到信就赶回来了，您怎么样？"母亲露出一丝微笑，说："两个孩子还好吗？你快看看我得的是什么病？这些日子不爱吃饭，有时还疼。去医大看病，医生开的药吃了不管用。"

我给母亲听了心肺，当触到她的上腹部时，母亲感到很痛。我触到像石头一样硬的肿块，表面凸凹不平，心里当即诊断为肝癌，但我没敢说出来。我和母亲商量，第二天去医大再看一看。

当叫到母亲的号时，我们搀扶着她进了诊室，看得出母亲把希望都寄托在这位中年医生的身上，希望他能开出解除病痛的灵丹妙药。医生问了母亲的病情，耐心地倾听她的诉说。

我让妹妹先陪母亲到外边坐，我坐在医生对面，他对我说："你母亲诊断为肝癌。"我提出："能收住院吗？"医生说："不能，没有病床，再说现在也没有什么好办法治疗。回去对症治疗，加强营养。"随后他开了些对症的药，我只好带着母亲和妹妹回了家。

母亲追问我她得的是什么病，我告诉她："还不能最后确定，要进一步检查，医大没床，还是去北京治疗好些。"父亲、母亲都同意了。我把母亲最喜欢的衣服、鞋子等收拾好，偷着对小妹妹说："妈得的是肝癌，这次去北京，怕是回不来了。你要有思想准备，不要告诉爸爸，好好照顾爸爸。"小妹妹眼泪汪汪地对我说："姐，求你给妈好好治，让她活着回来。"听到她的话，我更难过了。我强作镇定地安慰他们，一切准备好后，我和母亲准备起程。但我明白，母亲这一去，将和家里永别了。从父亲的眼神里也看得出他对我的期待，而我很清楚，这一次我也是无能为力了。

那时，小妹妹已经大学毕业，当了一名中学教师。哥哥四十岁时结了婚。大妹妹大学毕业数年，在一个研究所工作。离开沈阳那天，他们都来送行。

一路上母亲的情况还不错，我们顺利回到北京。天羽来到站台接我们，车直接开往我们医院。当时外地来京病人住院需院长批准。我马上找到院长办好住院手续，母亲住进了内科病房。大夫、护士全瞒着母亲，没有告诉她得的是肝癌，我骗母亲说她的病是肝炎。

回京后我请教了肿瘤医院的大夫，他们同样说没有有效的治疗方法，眼睁睁地看着母亲被疾病折磨，我的内心痛苦至极。

过去，我的一个妹妹、两个同学还有不少朋友、同事被传染病夺去生命，这促使我下决心学医，当医生。今天，许多传染病有了有效的药物治疗，死亡率显著下降，但是面对恶性肿瘤，医生却仍然束手无策。我下决心以后要学习肿瘤专业，救治那些得了癌症的病人，他们太痛苦了。

当时，只能给母亲对症进行保肝治疗、输液等。她的病情日渐恶化，肿块在发展。在家听妹妹说，母亲因为疼痛，一次要吃四到五片去痛片。我告诉母亲，去痛片吃多了会伤胃，可以注射止痛剂。但母亲常忍着，尽量少打止痛针。

医院里大字报铺天盖地贴满了院子，其中有直指我的大字报，内容多是催促我赶快下乡参加医疗队，接受贫下中农再教育等。当时，内科主任靠边，被派去打扫卫生，不准行医。我是内科党支部委员，主治医生。科里的大夫对我说："他们太不像话了，你的母亲病危，你怎么能下乡？有了意外谁管？"可是，医院里不断贴出的大字报继续逼我下乡下医疗队，日子越来越不好过。看着母亲消瘦的面孔，她的病情还在继续恶化，我左右为难。

一天早晨，我去看母亲，她告诉我想吃烧鸡和芝麻烧饼，我很高兴，答应她马上去买。中午一下班，我立刻坐上公交车去西单一家熟食店排队买了只烧鸡，又去买了两个芝麻烧饼拿回了医院。母亲很高兴，说："你去忙吧。"我说："这家店的熟食不错，你慢慢吃，我去上班。"

第二天是我的夜班，查完病房后，来到母亲的病床前，她告诉我，把烧鸡和烧饼全吃了，味道很好。我既高兴又惊讶。她让我给她洗一洗，换套干净衣服。还说，晚上有点饿，能不能让夜班厨师给打两个荷包蛋吃。

我心想，这莫非就是回光返照？就去打来热水给母亲洗头，又洗了全身，换了衣服。去厨房求师傅给做了两个热腾腾的荷包蛋，母亲全吃了。吃完之后，母亲让我坐下，对我说："现在是文化大革命，不要通知你哥哥和弟弟妹妹们赶来，你做主就行了。我和你爸没给你们留下什么遗产，但是尽了全力供你们读大学。你们都是知书达理的人，这就是我们留给你们的遗产。你们兄妹五人都能努力工作，都很要强，也都成了家，我也就放心了，没什么遗憾。照顾好你爸爸，以后再找机会把我的想法转告给他们。你的两个孩子也不要来，免得传染给他们。你整天都在救治病人，照顾孩子的时间太少了，他们不像你们小时候能享受到那么多母爱。"接着，她换了话题："我知道，因为我，你在为难，是不是他们又在逼你下乡？"我忙说："妈，不是那么回事，下医疗队可以分批去，我可以晚下去，您不必担心，我会按照您的嘱咐去做的。今天这么晚了，您早点睡吧。"

第二天上午还不到十点，病房戚大夫来电话说母亲高热40℃，呼吸急促，恐怕不行了。这十万火急的电话让我立刻紧张起来，我放下电话又打给正在上班的天羽："你把给妈准备好的那包衣服马上拿到医院来。"放下听筒，我的手在颤抖，由三里河的门诊部飞快地跑回医院。

一路上我都在想，不知还能否和母亲说上最后一句话。到了病房，母亲的呼吸心跳已经停止了。不大一会儿，天羽拿着衣服也赶到了。我万分悲痛，昨天我和母亲聊得那么好，前天她还让我给她买了吃的，她为什么如此匆忙地离开了我们！

在护士的帮助下，我含泪给母亲穿好衣服，穿上鞋，戴上帽子。母亲生前从不愿意戴帽子，但是都说走的人得戴上帽子。母亲躺在病床上，面容看上去很安详。

我和院部联系，当时院长办公室的李主任是热心人，他说现在是非常时期，由他陪同我们去八宝山处理母亲的后事。他伸出的援助之手让我感激不尽。李主任给八宝山打了电话，又从医院派了车，还带我们办了手续，给母亲挑了一个雅致的骨灰盒。

过了两天，把母亲的骨灰取回时，我给小妹妹发了电报："母病危速来。"我没敢告诉家里母亲已病故，怕他们的精神支撑不住。

小妹妹来到北京，得知真相，忍不住哭了起来。她说："你不是说有半年的时间吗？来北京才两个月呀。"我说："那是预计最长的时间。我接母亲来北京时，她肝脏已经比较大了，病程也有几个月了。目前全世界也没什么有效的治疗方法。"我接着说："医生也尽力了。母亲走得很平静。"我告诉了她母亲临终前嘱咐的话，然后把母亲的骨灰盒交给小妹妹。她泪流满面地说："没想到，我只能捧着母亲的骨灰回家了。"

我和天羽送妹妹去火车站。火车慢慢启动，我和妹妹隔着车窗以泪水告别。我站在那里，直到火车消失在烟雾中，心情非常沉重，担心父亲得知后会经受不起这巨大的打击。

妹妹来信说，父亲见到母亲的骨灰盒，悲伤得几天吃不下饭。家里把母亲安葬在郊外的一个桃树园里。那一年，母亲七十岁。

第十七章　门头沟的再教育

送妹妹回沈阳后，我立刻收拾行李，同时告诉天羽："我必须马上参加医疗队到门头沟农村去。"他劝我别那么急："你妈刚过世，还是缓一缓吧。"我说："正因为妈过世了，我才能立刻走，两个孩子交给你了。这一去农村一年，每个月放假四天。"他关切地问我："需要带点什么吃的吗？""什么吃的都不能带，我们是去接受贫下中农再教育，在老乡家吃派饭。"那时我已经做好了吃苦的准备。就这样，我第二次离开了天羽和孩子。孩子小，正在上小学，天羽的领导会照顾家里的情况，使得他能够少出差或不出差，我也就放心了。

临走前，我给哥哥和弟弟写了信，告诉他们母亲病故的事情，把母亲临终前的嘱咐也写在了信中。

1966年8月15日，我奔赴北京郊区门头沟参加医疗队，接受贫下中农再教育。医疗队员由各科的医生、护士组成，还有流动手术室。内科、外科、妇科、产科、小儿科、五官科、放射科、药房一应俱全，我被指定为小队长，大家带上行李，坐上火车来到门头沟。这里地处山区，风景秀丽，空气清新。到了门头沟，再转乘公交车到清水镇。清水有医疗队办公集中点，其实就是一间有个大炕的大房子而已。

参加医疗队的同志们在清水开会，再分派到下边各点，一共有六七个点，每个点两名队员，大夫、护士搭配起来工作。我们的到来受到当地干部及医疗站、老乡们的热情欢迎。

到清水的当天，傍晚七点多钟电话响了，是下边点上的医生打来的：“有危重病人，请速来会诊。”我和外科钱主任背起急救箱，立刻从小路赶过去。因为是到这里的第一天，我们谁都不认路，只是奔着那个方向走。走呀走呀，总也走不到，后来钻进高高的玉米地里，很长时间才走了出来。再往前走，是一条清澈的小河，我们踩着石头跳了过去。天色越来越黑，手电筒的电池就要用完了，我们心急如焚，担心不能及时赶到而耽误了患者病情。

走着走着，眼前出现了村庄里的灯光。那时已是清晨五点钟，天都快亮了。我们走了整整一夜，但并不感到疲劳，心中只有一个信念，就是快快赶到病人的床前去救治他。

在医疗点上医生的带领下，我们到了病人家里。我立刻上炕检查，病人经诊断为肺炎，高烧39.5℃，经过吸氧、输液、消炎、物理降温，病情逐渐好转，我们放心了。安排好治疗方案，我和钱主任未敢停留休息，又动身赶回清水。

村干部非常支持医疗队为当地培养赤脚医生的工作，我们从初中毕业生中挑选合适的人选，办起了学习班，由医生和护士长轮流讲课。赤脚医生们经过三个月的短期培训，初步掌握了注射、输液技术，还掌握了一般的药理知识和常规病的诊断和处理。我们又建立了小药箱，各医疗点都有。赤脚医生们学习结束后被分配到各点，办起了农村合作医疗。大家还一同上山采药，自制中草药，工作开展得比较顺利。

我和护士小王在清水镇的办公集中点，每天一大早就背着药箱和急救箱巡回医疗，各村都要走到。赶上下雨又有病人需要出诊时，我们就打着伞或戴上草帽，走在被雨水浸泡的烂泥中，所以我们最怕下雨，两脚全是泥，走路都很困难。就是在这样恶劣的天气里，我们也从未耽误过出诊。另外村里有规定，不能给地主富农家出诊，可他们要到医疗站来看病，我们也都给看。

一天，一位老人突然感到头晕，要我们出诊，我和小王背起急救药箱迅速赶到病人家里。病人躺在炕上，我掀起被子准备给他听心肺。这时，小王在我耳边说："你仔细看被子里爬的什么？"我一眼看出是虱子在爬，但没有吭声，继续手头的工作。我问病人："头晕得厉害吗？"他点点头。我又说："您老血压高了些，给您开点药，要坚持服药，定期测血压。"小王给他打了针，又给了几包降压药，并告诉他怎样服用。

从老乡家走出一段路后，小王说："薛大夫，刚才虱子都爬到我们衣服上了。"我说："不用怕，每天晚上检查一下，如果有就把它处理掉，然后把衣服全换下来，用开水烫了再洗。要勤换衣服、勤洗澡。"

经医疗队研究，打算在全村开展一次灭虱运动。和当地干部商量后，他们非常同意我们的提议，于是各点的医疗队员和当地干部共同投入到灭虱运动中。我们挨家挨户地宣传勤换衣服勤洗澡的必要性，把灭虱药撒在老乡们的棉袄、棉被里，一直干到天黑。经过这场灭虱运动，村里的虱子明显少多了。

当地常见的腹痛，多数为肠蛔虫症和胆道蛔虫症，每天我们都要出诊数次治疗患胆道蛔虫症的急诊病人。病人痛得死去活来，在注射止痛药、服用驱虫药后，很快就治愈了。我记得，几乎每个病人都能打出几条甚至几十条蛔虫。有个小男孩腹痛难忍，瘦得皮包骨，肚子很大却没有腹水，我诊断出他是肠蛔虫症，经驱虫后排出了一百多条蛔虫，治疗后这个孩子慢慢胖了起来。

医疗队又计划给全村老少全面地开展一次驱虫治疗，各点医疗队员们继续挨家挨户地投药，进行卫生宣传——饭前便后要洗手，生吃瓜果要洗净。经过大家的共同努力，当地的胆道蛔虫症逐渐消失了。

老乡们说："多亏你们把我们的病从根上治好了，真要谢谢你们。"

外科大夫和手术室的护士们，常常背着篓子下到每个点做各种急诊手术和一般手术。手术器械和医疗用品都放在篓子里，手术室是临时搭建的。像阑尾炎、疝气、胃穿孔修补术等手术都做过，没有一例感染。

除了正常的巡回医疗外，我们还抢救了不少上消化道出血、心衰、高血压等危重病人。同城里人相比，抗生素的效果在当地人身上特别明显，患有细菌感染的病人，用上抗生素后炎症很快就消退了。

有一次下边点上的大夫请我去会诊一位重病人，我立刻背起急救箱和护士小王一起出发。山路愈来愈窄，再向前走，路上有石头形成的台阶，我们踏着台阶急速向前赶路。

出诊后，我们又从原路返回清水。由于卫生防疫站送来的疫苗需要从这里尽快分发到各医疗点，我又带上疫苗前往发放，小王留在清水继续为老乡看病。

我把疫苗送到点上，想要立刻返回。点上的闫大夫说："薛大夫，今晚恐怕你赶不到清水了，天都黑了，明天一大早再回去吧。"我坚持要连夜赶回去，就加快脚步上了路。路越来越窄，两边是高山，抬头看看天空，只剩下一条线。在山谷里，天色渐暗，阴森森的，我有点害怕，但是还得向前走，我加快脚步跑了起来，不敢抬头看四周。

渐渐地山已远去，看到远处的灯光，我终于安全到达了清水。小王正站在门口等我，她觉得我的胆子真够大的，这么晚还敢一个人走山路回来。

我们俩躺在炕上，小王问我："快到月底了，你想家吗？该想两个孩子了吧？""怎么能不想，还想城里干净的屋子和厕所。只不过白天工作起来也就没工夫想了。"我还跟她说，我在夜晚走山路的胆量是在朝鲜战场上锻炼出来的。

老乡们对大夫、护士非常热情。每次派饭，不论分到哪一家，不管家里有多么困难，哪怕是在青黄不接的时候，老乡自己吃玉米面混榆树叶，却想方设法给我们包饺子或烙饼。我们实在过意不去，对老乡们说："别这么客气，你们吃什么，我们就吃什么。"老乡们表示："你们医疗队的大夫、护士救治病人，还做防病宣传，太辛苦，也没给你吃什么好的，全是家常便饭。"

花开花落，秋收季节来临了，村里的核桃树上挂满了核桃，风一刮来，成熟的核桃就自动掉落下来，瓜果也熟了，老乡们忙着收获，他们总是想着给医疗队员们送些核桃呀果子呀，我们不肯收，他们就觉得是瞧不上，不接纳他们的一片心意，我们只好收下来。和老乡们相处的几个月里，大家结下了深厚的友情，当地的赤脚医生也为医疗队发挥了辅助作用。

春节将至，大家都盼着假日的到来，可以在城里多住些日子了。没想到开会时却被医院的造反派通知："你们这些队长们春节不能回城，要留在农村抓生产，我们要回城闹革命。今后你们两个月才能回城一次。"这还不算，他们还召开医疗队员大会，批斗队长，矛头主要对准了大队长，而我们这些小队长也要陪着大队长挨斗。我们心里不服，可也不敢说。大队长是助人为乐的院长办公室李主任，其实他并没做什么错事，大家都是在一心一意地为贫下中农服务。

月末，我们回城休息四天。大队长告诉我们："大家这次从城里回来时，都从家里带点吃的，以便在春节期间自己做饭。咱们在农村过年不能再吃派饭，不能给老乡们添麻烦。"

回到家里，我对天羽说："春节你和孩子过吧，我不能回来了。"他宽慰我："你放心，我带着孩子过春节，食堂里有各种菜。你从家里带点吃的吧。"我带了木耳、花生米、香菇回到了门头沟，其他队长、支部委员们也带回了不少食品，为留在农村过春节做准备。

其他人都回城里过年去了，只留下我们五个人。大队长李主任是位能干的领导，他除了完成行政领导任务，也能看病，还会做各种拿手好菜。他怕过年时大家想家，就给我们讲笑话、讲故事，逗大家乐。他唱歌很好听，每年医院开联欢会都有他的独唱。

留下的人商量做饭的分工。大队长掌勺做菜，其他人有的烧火，有的挑水，我和另一位女大夫洗菜、切菜、淘米、洗碗。大队长说："过年咱们不能和家人团聚，但也要想办法在这里把年过好。你们瞧我的，一定做一桌美味佳肴让大家美餐一顿。"我们都准备妥当，等着这顿丰盛的年夜饭。

大队长一边炒菜，一边却想着过了年后不知还要怎样挨整，说不定还要坐牢。菜全做好了，大家看着满桌的佳肴，都夸他手艺好，好几双筷子迅速伸向桌上的菜。我们吃进嘴里还没来得及仔细品尝，就都叫了起来："咸死啦！"大队长忽然回过神来，连连道歉："对不起，我没注意，把盐放多了，这顿美餐让我给弄砸了，我给你们重做吧。"我们连忙说："没关系，有的菜可以加水洗一下，有的还能吃。"大家还劝他："不要想太多，组织上不会冤枉好人的，咱们要高高兴兴地过年。"

医疗队一年的任务圆满完成了，老乡们依依不舍地和我们告别。接下来又有医护人员轮流下乡，接受贫下中农再教育，可是其中有两人在工作中不幸遇难了。

一位大夫按村里的规定未去给富农家病人出诊，经过再三解释，病人来到医疗站看了病、拿了药。第二天一大早，他的儿子提着一把菜刀怒气冲冲地闯进了医疗站，大夫正背着门在看书，他连砍数刀，大夫当即惨死在血泊中，医疗站里的赤脚医生也被砍成了重伤。后来在众乡亲的追赶和围堵中抢下他手中的菜刀，凶手被拘捕了。

另一位女医生接到村民难产的电话，要求出急诊。当时外边下着雨，这位妇产科大夫穿上雨衣拿起急救产包就出了门。雨越来越大，她一个人走在盘山路上，一面是高山，一面是悬崖，路又窄又滑，行走异常艰难。在山洪中，她被泥沙冲下了悬崖。不见医生的踪影，老乡们四处寻找，后来在山谷里找到了她的遗体。

医生们为了卫生事业献出了年轻的生命，上级部门组织全体医护人员为她们举行了隆重的追悼会，我们感到十分悲痛。

从那以后，为了安全，医疗队员再出诊都有民兵护送了。

而我们回到北京后，医院仍然处在打派仗，红卫兵斗"当权派"的混乱中，院党委已靠边。

第十八章 "文革"中的遭遇

天羽的姑父，也就是我的干舅舅，水利电力部副部长刘澜波在"文革"期间已经被拉下马。他怕部里的机密文件被红卫兵抢走，就安排秘书找人送到天羽手里代为保管。来人说："你们这里是部队大院，放在这里最安全。"我下班回家，天羽告诉我他已收下了这些文件。当时这可是犯了大错误，甚至可能葬送天羽的前程。可干舅舅是我们的恩人，我也同意天羽这么做。

过了一段时间，通过组织，红卫兵找来，天羽只好把收藏的文件交给他们拿走。因为这件事，天羽受到牵连，第一批被送去五七干校了。

天羽去干校后不久，我突然接到通知，说是上边有命令，天羽他们整个单位连同家属全部从复兴路29号院搬走，限期离开。在当时的形势下，大家只能服从。办公室先搬，紧跟着宣布了家属搬家的日期。

我在搬家的头两天就把东西收拾好，行李捆好，两个上小学的儿子也在帮我。大儿子说："妈妈，爸爸不在，搬家你一个人行吗？""你爸爸在干校，他是指导员，忙着抓生产，他回不来，不能影响他的工作。"

科里的大夫告诉我搬家有公假，但我还是利用自己的时间搬家。搬家那天，我调了夜班，下了班一大早就赶回家。两个儿子虽然小，也能帮不少忙，我和儿子把他俩的被褥包好，再用绳子捆上。好在当时也没有太多家具，全是部队分配的桌子、椅子、木床等，每家都给安排了一辆军用大卡车拉东西，有战士帮忙装上了车。装好车后，浩浩荡荡的搬家车队行驶在马路上。

一家人

搬家对于孩子们来说很好玩，他们很兴奋。我还不知道新家是什么样子，就这样随着一声令下匆忙离开住了好几年的地方。几十分钟后，有人喊："到了，到了。"车子开进了一个大院（东城区段祺瑞执政府旧址），家属们被安排住在这里，分房委员会的干部拿着单子安排每家的住处。

分到我家时，我发现对我们不公平。我压住火气，要求重新分配。那个干部一脸为难："这是分房委员会定下来的，我……决定不了。"我沉不住气了："和王天羽级别一样的，分到的都是三间，为什么偏偏分给我们的是两间？请你找分房委员会主任问一下，是否分错了？"

别家都从车上往下搬东西，只有我们的车静静地停在那里。司机同志问我："要卸车吗？"我说："不卸车，房子还没定下来。"那位干部拿着单子对我说："房子不够，你们暂时先住下，以后再调。"我说："绝对不行，我要找主任，他在哪里？你去请他来。"那位干部来回跑，头上直冒汗。我猜，可能是因为天羽收藏了干舅舅的文件才遭受的不公待遇吧？可我心里很不服。

大儿子王宇一个人面对墙站在那里。我过去看他，他哭了，孩子是因为帮不上我的忙而难过。我心疼地安慰他："孩子，你放心，妈妈很坚强，问题会解决的。"一会儿那位干部又回来对我说："主任现在忙，没时间来。"我忍耐不住，激动地对他说："那好吧，我要见首长！如果今天问题不能解决，我们不卸车，就住在院子里，直到解决为止。"他听了这番话又去找领导，稍后回来说："主任想办法总算解决了，这三间房子分给你们。"

战士们帮忙把车上的行李、家具卸下。两个懂事的孩子帮着我把家安顿好。第二天，我照样去上班，孩子们仍然在食堂吃饭。这次搬家经历的风波是我完全没想到的，但是还好得以解决了。

那段时间，我们医院有的大夫、护士"闹革命"不能来上班，但是病人照常入院。虽然病房只有几位大夫还在坚持工作，夜班也只有几位大夫轮流，护士骨干也在坚持病房的护理工作，我们的门急诊得以照常诊治病人，医院仍然维持着正常运转。

急诊室异常繁忙，主要是因为特殊年代的自杀病人增多，安眠药、敌敌畏中毒，跳楼、卧轨，诸如此类。有时，我正在查房，急诊室打来电话："薛大夫，快下来，有重症敌敌畏中毒病人。"这时我就得放下手头的工作，飞也似的跑到急诊室指挥抢救。病房在三层，急诊室在一层，有时一天要楼上楼下地跑好几趟，夜班时也是一样，跑习惯了并不觉得累，抢救病人要分秒必争，不能耽误，如果延误了抢救时机，病人的生命就会面临危险。

文化大革命中，我的家人也不能幸免。哥哥因为去日本留过学，受到审查。小妹妹是中学班主任，也挨了批斗，那时父亲已病重，但他们逼着她下干校。妹妹不能丢下病重的父亲一走了之，又不能带着父亲去干校。正在她不知如何是好时，父亲突然呼吸困难，当妹妹请来医生时，父亲的心跳呼吸已经停止了。

收到妹妹的"速归"急电，我恨不得马上飞到家里。赶到了家，我和两个妹妹料理了父亲的后事。此时母亲去世已经整整四年，我嘱咐她俩把父亲和母亲合葬在桃树园里。

可以说父母都是为了解除女儿的困境提前走了，一想到这里，我就感到非常痛心。父亲去世时我们没有来得及通知哥哥和弟弟，事后告诉了他们，他们也给予了理解。

沈阳这座城市，有我们度过童年的家。这里给我们留下了太多的记忆。如今，父母都已离开人世，兄弟姐妹各奔东西，沈阳的家之于我们，只留下一段童年的回忆。

一天，我刚查完房，办公室来电话要我立刻过去。我边走边想会有什么事。推开党委办公室的门，书记说："薛大夫，这是你爱人单位的同志，认识吗？"我看见一位穿军装的干部，手里拿着文件包，正坐在书记对面的沙发上。书记说："他是为军队干部的家属去五七干校的事来这里的。"那位干部对我说是什么林副主席签发的一号令，军队干部、家属、孩子都要马上全家搬去五七干校，不得延误。我说："我是医院干部，不是军队干部，我要听从院领导的意见。"

书记表态了："医院的医疗任务很忙，内科离不开薛大夫，这里需要她，我们不同意她去。"那位干部有点着急了："你们要配合部队，这是军令，别的军官家属都能配合下干校。"我反问他："让我下去当家属，这里的病人难道不重要吗？"他回道："薛大夫，我是做具体工作的，回去不好交代呀！"我说："我又不是军人，我服从院领导意见。"他有点生气了，站起来："书记，薛大夫不下去，出了事谁负责？""出了事我负责，医院对她负责。"书记说。听了这话，他只好拿起文件走了。

下班回到家里，我看到大院里几乎每家都在收拾行李，只给一两天的时间就要出发下干校。邻居问："你们也走吧？"我说："医院不放我走，工作离不开。"她很羡慕："看你多好，咱家属跟着下干校，这又得搬家，孩子、大人都得走。"

后来大院的干部找到我说："领导意见，如果家属确实因为工作离不开，可以不走。"这次搬家，算上我家只有两家不走。

按规定时间，家属们坐上专列去河南的干校，院子里一下子变得冷清起来。天羽来信谈到，军列到达时，他去迎接家属，并为他们安排了住处。来了这么多人，作为指导员，他很忙。他还说，那天家属们陆续下车，他到最后也没有见到我和孩子，就像被泼了一盆凉水。他去打听，才知道因为工作需要我不能来干校。每家都团圆了，只有他感到十分遗憾。他在信里写道："你们若是能来该多好啊，全家就能团聚了。"

我回信告诉他，是医院不放我走，工作实在离不开，我和孩子都好，让他放心。

这时城里各种供应仍然紧张，要靠副食本定量购买，赶上过年过节，我就在休息日动员两个儿子一同去菜市场排长队，一个儿子买鸡，一个儿子买鱼，我买肉。队伍虽然长，但大家都能耐心跟着一步一步向前走。我盯着两个儿子的队，如果快排到了，我便跑过去换儿子，让他去我的队伍继续排。就这样把鸡鱼肉全都买齐，至少要排上两三个小时。

虽然工作很忙，我还是会抽空关心一下孩子的学习。有时我拿着英语课本，让他们背单词或课文，还好两个儿子都学得不错。我对小儿子王朔说："妈妈教你日语吧。"他高兴地答应了。第二天下班后，我去书店买来《现代日语》课本，从字母开始教他，他很聪明，接受能力强，跟着我把课本顺利学完了。

小哥俩长成了俊俏的少年

　　在学习上，两个孩子都很努力，很快他们都上了初中，不知不觉中，小哥俩从儿童长成了俊俏的少年。小儿子王朔比哥哥长得白，还有点腼腆。我想起他爸爸曾说过："有人说过我们的小儿子有点招女孩儿喜欢，我们可要注意。"我当时说："怎么注意？现在都是男女合校，又不能让他不和女孩子说话。"

　　小儿子王朔对我说："妈妈别再给我穿哥哥的旧衣服了，膝盖和屁股还补上一块补丁。我也长大了，要和哥哥一样穿新衣服。"听他这么说，我一口答应："以后不穿补丁衣服啦，和哥哥一样全买新的，不然对你太不公平了。"从此，我也不必再抽时间给孩子补裤子了。

第十九章 北京医疗队在甘肃

　　1970年，周总理根据毛主席的"六·二六指示"，要求各地组建医疗队，北京方面由各大医院派出医护人员混合编队，组成大队、中队、小队，卫生部派出司长任大队长直接带队。每个小队要配齐内、外、妇、儿、口腔、眼科以及手术室的大夫、护士，医疗任务为期一年，没有假期。我们医院要派出内科的一名党员主治医、一名妇产科的助产士、一名手术室的护士。作为内科的主治医生，又是党员，我被选中并指定为小队长，参加1971年外派的第二批北京医疗队。

　　院长找我谈话："你有什么困难吗？"我说："没有。"当时我心想自己是党员，不能提困难。其实天羽那时还在干校，我这一走，家里两个孩子没人照料。院长接着说："你们这次的任务是去大西北的甘肃，那是个缺医少药的地方，任务是艰苦的，也是光荣的。你把工作交代一下，安排好家里的生活，按时出发。"

　　我回家后就给天羽写了信，告诉他，我要参加北京医疗队去甘肃，一年内不能回家。家里已经安排好，让他放心。

　　我把两个刚上初中的儿子叫到一起，对他们说："妈妈要去甘肃参加医疗队，那里的乡亲需要医生给他们看病。爸爸妈妈都不在家，只有你们两个人过日子。哥哥当家，要照顾好弟弟，弟弟要帮助哥哥照管好这个家。你们要按时起床，好好学习，按时睡觉。离开家要锁好门，每天要把家里的卫生搞好。在食堂吃饭，喜欢吃什么就买什么。"

其实这些年来孩子们已经习惯了。妈妈不是去医疗队，就是值夜班，爸爸又是经常出差。六十年代早些时候，有过我和他爸爸同时去"四清"的情况，还好那一次我只是三个月的任务。当时两个孩子都还在幼儿园，有三个月没有见到爸爸妈妈，而这次得分开一年的时间，两个儿子要自己过日子，独立生活，我真不放心，难为他俩了。说心里话，我也有些难过，孩子们这么小，父母都经常不在身边，得不到家人的温暖与爱。可那个年代的父母都是这样忙于事业，我的工作是救治病人，家里再有困难也得克服。

临走前，我拜托邻居关照两个孩子，又留下了一些钱，由王宇掌管。别看他只比弟弟大一岁多，可他很懂事，很早就能替我撑起这个家了。

我准备好行装，按时和医疗队员乘上开往大西北的火车，这是我第三次长期离开孩子去执行医疗任务。火车行至西北地区，我看到茫茫的黄土高原，山上都是一片片光秃秃的黄土。

到了甘肃的车站，当地卫生部门举行了热烈的欢迎仪式。看到他们这样重视周总理派来的医疗队，我们心里都感到很温暖。

大队长开会下达任务时说："这里是个缺医少药的地方，十分落后和贫穷，大家要有心理准备。除了完成救死扶伤的医疗任务外，要和当地干部一起进行改水、改厕、计划生育工作。"

我带领的医疗小队共十几个人，被分配在山丹县，那是一个非常贫穷的地区。我们被安排住在当地卫生站的大院里，屋子里有个大炕，地面铺砖，还有一张桌子，几把木椅，外屋放着一个储水的缸。那里海拔高，比北京冷，我们每人发了一件羊皮大衣和一顶帽子。

这次下乡，我们不再吃派饭，三餐全在卫生站食堂解决。为了给医疗队改善伙食，食堂每周末要拉来一只羊杀了，吃新鲜肉，下水做成羊汤，有时还去县城买些蔬菜。那里的羊肉没有膻味，老乡们解释说："那是因为羊吃的草好，有些还是中草药。"

据当地干部介绍，那里严重缺水。他们带领我们去村里，走到一个很大的有积水的土坑旁，当地人称这土坑里的水为捞巴水。当时正好有一匹马在饮水，而老乡正往桶里装水。看到人畜共饮这一坑混水的情景，我们惊呆了。干部解释道："这里家家户户都有缸，把这水放进缸里，再放上漂白粉，澄清后再用。喝水时，还要放上当地的砖茶，好让浓浓的茶味掩盖住水的异味。"我还了解到，当地因为缺水，没有蔬菜，老乡们多数只吃馒头喝水，只有少数人家有自渍的酸菜，而水果更是稀罕物。

我问干部："为什么不打井呢？"他说："村民们也挖过，但地下水位太低，出了钱又出了力，结果打不出水，大家也就作罢了。"我对当地干部说："首先要改水改厕。随地大小便太不卫生了。"干部说："我们举双手赞成，由你们来撑腰，工作才好做。"

经过开大会动员，改水改厕的工作得到了老乡们的支持。当地政府部门派来技术人员，把山上流下的水储入用水泥砌成的封闭贮水池，消毒后再铺设管道通向各家。老乡们打开自来水龙头，便流出清亮的干净水。老乡们问我："你们城里人就用这自来水管流出的水吧？""是呀！城里的自来水供应要比这里的复杂得多，但同样是打开水龙头就流出清水。"

改水工作顺利完成后，接下来是改厕。我们医疗队员和干部开会研究改厕工作，晚上由我写发言稿。第二天，召集村民开改厕动员大会，讲改厕的意义和上级要求。我说："每家都要画出改厕的图纸，经过审查合格后，就可以盖了。盖好后要验收，好的表扬，不合格的要重来。不会画图纸的可以找我们，我们帮你们画。"当地卫生院院长说："薛大夫，你们北京医疗队下来管大事啦，你们一动员，大家都积极响应，以前我们再怎么说也没人听。"

很快老乡们拿着自己画的图纸来到卫生站，设计大都合格。随后，他们热火朝天地准备材料，每家都是大人孩子齐上阵，看到此情此景，我们感到很高兴。

晚上睡在炕上，小马对我说："薛大夫，我看咱们都快成工程技术人员了。"我说："改变不卫生的环境，以预防疾病为主，老乡们都积极支持和响应，这多好。"她又说："老乡只吃馒头和水，营养太差了。""是呀！看这些孩子发育得都不太好，十五六岁的孩子看起来像十二三岁的。"

验收会上，我们表扬了老乡们的厕所盖得好，全都达到了使用标准。

我们小队改水、改厕的任务完成得比较好，之后我们到各村开展医疗工作，协助卫生院解决疑难病症。老乡们告诉我们："以前有病请大夫都要送礼，遇上大夫的爱人生孩子，我们还要送鸡蛋、鸡，大家送的鸡蛋有时能达到上百斤，她都吃不了。"我问他们："为什么要送这么多？"他们说："每家都送，不敢不送，怕得罪大夫。如果请中医来家里看病，还要留他们吃饭，临走时还要送礼物。"他们又说："我们最怕生病，看不起呀。还是你们北京的医疗队好，什么都不送就给看病，医术高明，态度又好。"

我们巡回到一个村的卫生院，那里工作开展得不错，院长是位年轻的男医生，北京口音，他见到我们就像见到亲人似的，格外热情。我主动问他："你是北京人？"他说是。"你怎么会到这个偏僻的地方来？"我问。"我是文化大革命开始时从北京医学院毕业的。那时，所有毕业生全部分配到全国各地的基层卫生院或去支援边疆，我和我爱人就都分到这里来了。"

他给我们介绍了卫生院的设备条件，这里很整洁，有诊室、换药及处置室，还有个小手术室。"能开展手术吗？"我问。他答道："简单的小手术可以，由于人员配备不够，设备条件差，不能开展什么大手术。我是什么病人都要看，不论是内科、外科、妇科、儿科、眼科等，因为这里医学院毕业的大夫只有我一个人。"他还向我们倾诉了他在这里不安心，准备想办法离开："在这待上十年，业务恐怕全丢了。"

我不由得对他生出了一丝同情，可是我说："这里缺医少药，很需要你。等以后医学院毕业生分配来，比如兰州医学院的毕业生，你把他们带出来，就可以申请回北京了。"他说："我也是这么想的，这里确实需要医生。"我告诉他："为了加强医疗力量，北京各医院都抽调大夫到大西北支援，有的全家都搬来了，你们这儿没有吗？我们医院也有将近三十位大夫来到甘肃。"他说："听说北医的教授们都留在兰州医学院了，还有留在地区医院、县医院的，我们这种最基层的卫生院是不会派来北京的骨干力量的。"

工作上，我们一起合作得很好，还和当地医务人员、赤脚医生爬上高山，山上长着各种绿色植物，我们从中挑选草药，学了不少草药知识。上山采药，对我们医疗队员而言是很快乐的事，能够借此机会充分享受大自然的清新和美好。

作者在甘肃和当地干部、医务人员交流工作。

一天早晨，来了一位面色苍白、精神委靡的年轻女病人，她的表情异常痛苦，手捂着腹部。我立刻让她躺在诊察床上，检查到她的腹部有波动感，压痛明显，立即请妇产科大夫会诊，同时查白细胞、血色素。妇产科赵大夫诊断出是宫外孕。我们为她抽出血性液体，化验报告显示血色素只有五克，比正常人低一倍多，血压也偏低。

我问："要急诊手术吗？"赵大夫说："需要立刻就地急诊手术，已经来不及转院了。现在很危险，内出血很多。"我说："病人垂危，救人要紧，人手不够大家都上台，但没有血怎么办？"赵大夫说："用病人自己流到腹腔的血再输回去。"

向家属交代了病情后，我们开始紧急准备，各科大夫齐上，术者、助手、护士、麻醉师各就各位，我也上了台。卫生院院长做麻醉师，妇产科赵大夫主刀，一切听赵大夫指挥。两位护士，一位负责输血，一位观察血压脉搏呼吸。在手术中，病人腹腔里的上千毫升血全部输回体内。护士报告，病人血压脉搏呼吸恢复正常。在大家的紧密配合下，手术成功，病人得到了妥善救治。

当地老乡有了病都来找我们看，门诊的病人一天一天增多，我对卫生院院长说："下一步该开展计划生育工作了。""这是一项艰难的工作。"他说。"我知道，但只要我们做细致的思想工作，还是会成功的。"

开展这项工作要一个村一个村地去普及知识、做宣传。别看乡亲们每家都有五六个孩子，可是很多妇女到了中年还在生，多的生十个孩子也不避孕。刚来这里时，我就看到一位四十多岁的妇女抱着一个很小的孩子，还以为是她的孙子，谁知她说："不，这是我儿子。"让我很尴尬。

我们进了一位老乡家，看到家里只有一铺炕，炕上有个饭桌，一床被子，其他什么家具也没有，屋里脏兮兮、空荡荡的。围着饭桌坐着的倒有六七个孩子。我上前问："爸爸妈妈呢？"孩子们回答："干活去了。""你们怎么不出去玩？""我们没有裤子，只有一条裤子，大姐穿上出去了。"

干部说："这样穷的人家是极少数，但多数人家也还是比较穷。孩子生得多，全家人都吃不上、穿不上。也有富裕人家，他们多数是在外边有工作的人。"我们也去过条件好些的人家，屋内整洁，家具齐全，院内种花，不过这也是少数。

我们召开动员大会，向村民宣传国家的计划生育政策，介绍这一政策能够带来的实实在在的好处。我们费尽口舌，要求每个家庭最多生两个孩子。大队积极配合，把有两个及以上孩子的妇女集合到卫生院，给她们上了环。也有的妇女自己不愿意来，躲藏起来，有的说是男人不让她们来，这时我们就动员干部去做男人的工作。当地老乡们晚上睡觉习惯不锁门，我们就按照干部提供的名单，带着器械到每家每户去上环。有一个晚上，我们去一位妇女家，发现人不在屋里，我们就到院子里去找，最后在柴堆里找到了她，待她出来时大家都笑，她自己也尴尬地笑了起来，我们做了些工作，终于把环上了。这项工作有时要到很晚才结束。

计划生育工作全面结束后，队员们要休息几天。我问一个老乡："听说山丹县是个穷县，但是山上开着山丹丹花是吧？"他说："是呀！你们想看，我带你们去，不过上山很累，山路不好走，不如骑毛驴上山吧。"他说毛驴最温顺，骑上去很稳，就是走得慢。

老乡们拉来毛驴，我心里有点害怕，不敢骑。由老乡扶着，我才跨上了毛驴。还有两头毛驴我们另两名队员也骑上了，其他的队员走路。一路上，大家轮流骑着毛驴上山。

到了山顶，展现在眼前的是一片红艳艳的山丹丹花。大自然给了人类这么美的礼物，让大家赞叹不已。

有一天，一位老乡骑着马来到卫生院，要求北京医疗队出诊。我背起急救箱随他出门。路远必须骑马走，可我不会骑马，于是他帮我坐上马背，让我在后面紧抱住他的腰。我有点害怕，他说："抱紧就不会摔下来了。"他快马加鞭，飞快地奔跑在荒野上，见不着人也没有人家，只听得见哒哒的马蹄声。我在马背上一颠一颠的，磨得大腿很痛。老乡对我说："等看到树时就快到了。"大约骑马跑了几十分钟的样子，前方有一片树木遥遥在望。

马跑到一个院子里停下来，老乡扶着我下了马。我顾不上大腿疼痛，随他进了屋。一位老人躺在炕上呻吟不止，我问老人："什么时候开始痛的？"老人表情异常痛苦，说："昨天晚上开始的，吃什么药也止不住。"我上炕给他检查，上腹部有压痛，腹部平软。"您这是胃病。"看他吃的药是止痛片，我告诉他："这是治一般性头痛的，胃痛吃这种药会愈吃愈痛。"我给他注射了止痛剂，嘱咐了注意事项，又开了药，最后告诉他："等缓解后，要去医院进一步检查。"打了针，老人的疼痛逐渐缓解了。

看完病，他的儿子骑马送我回去，马飞奔在旷野上，我坐在马背上，仍然一颠一颠地磨着大腿。我忍着痛，期盼着快点到达医疗队。

进屋后，我一看大腿内侧全磨破了，还在流血。护士小李一边心疼地给我上药，一边关切地问我痛不痛。

在医疗队里，我们最盼望的是家信，不管谁收到信，大家都为他高兴。记得大妹妹曾来信说她要去北京出差，问我有什么事要代办的，我回信让她去家里看看两个儿子。后来，她来信说两个孩子都好，她去的那天，还看到王宇王朔正一人拿着一本书在读，家里干净整洁，她让我放心。

小李问我："薛大夫，收到几封信了？"我说："收了好几封了，你收到信了没有？"她说："收到了我妈的来信，你呢？""我收到的是儿子和爱人的信。"我说，"两个儿子都很好，很懂事。另外有一个好消息，林彪叛逃坠机摔死了，我爱人要从五七干校返回原单位，能比我早点回家了。"

一天，老乡对我们说："我带你们爬最高的山吧，那山海拔几千米，到了山顶能看到雪。"

大家跳起来说："好啊，我们一同去吧。"

按老乡的嘱咐，我们戴上墨镜，在老乡的带领下，骑着毛驴向高山爬去。到了山顶，感到像是进入了寒冬腊月，山峰上铺盖着皑皑白雪，阵阵寒风刺骨。老乡让我们进到山顶的一个小屋里，披上羊皮大衣，大家围着火盆取暖。这世界真奇妙，上山时还穿着单衣，到了山顶却得穿上皮衣。我们站在寒风中，面对这雪景赞叹不已。

在大西北的土地上，我们度过了一轮春夏秋冬。在全体医疗队员的努力工作下，一年的医疗任务完成了，每个人都盼着早日回家。临别时大家纷纷拍照留念，还抢着骑骆驼照相。

在这里我们听到了太多感激的话语，这里太需要我们了。在一年的交往中，我还看到了当地老乡们的淳朴和善良。当地政府组织了隆重的欢送会，医疗队大队做了工作总结，还表扬了我们小队。

作者在甘肃的留影

乘上返京的火车，队员们喜笑颜开地谈论着各自的打算，兴奋得一夜未能入睡。

回到北京后，大队领导要我代表北京医疗队在广播电台谈一谈完成医疗任务的经验。我对大队领导说："我怕说不好，这么多小队长，让他们谈经验吧。"他说："这是大队部集体决定的。你写好稿子，我们看看。要按时写好，中央人民广播电台的播出时间不能改动。"我接受了这个任务，医疗任务报告在预定的时间播出了。

第二十章 后"文革"时期的一家人

回到了离别一年的家，一进门，天羽和两个儿子都迎了上来，家里还是像我离开时那样整洁。"是不是知道我要回来，你们突击搞卫生了吧？"两个孩子说："其实平时也是这样干净。"他们都上了初中，我欣慰地发现他们的个头也长高了。邻居们得知我回来，也都过来看我。他们对两个孩子的评价很高："你们不在家的日子里，两个孩子都很听话。哥哥可像个哥哥样了，他非常照顾弟弟，

小哥俩在八一湖公园

还给弟弟洗衣服，把衣服洗好后晾在外边的绳子上，就是衣服袖子和裤腿像鸡肠子似的，他不会把衣袖和裤腿抻开，可这也难为他了，这么小的孩子来管家太不容易了。"

大队给每个回京的队员放假休息，我们全家兴致勃勃地安排休假活动，首先就是带上两个儿子去长城。从五七干校回来的天羽感慨地

说："今年春节我们就能吃上团圆饭了。"我说："全家团聚来之不易呀。"

我让天羽帮我忙晒衣服和被褥，他觉得这都是女人干的，认为女人手巧能干好，男人手笨干不好。我跟他说："你不能像以前那样一到假日就和两个儿子睡午觉，我大中午吭哧吭哧洗衣服，这回你该帮忙了。"

那个年代没有洗衣机，全靠两只手借助搓衣板用力洗。分开那么久，和天羽一起洗衣服也是让我快乐的事。找一个阳光灿烂的日子，我拿出绳子，两个人把它拴在树上，在上面晒满了被褥、毛衣、呢服，然后开始洗衣服。我俩洗衣服也有分工，我用肥皂水搓洗，他用清水漂洗，水哗哗地流淌，我们很久没有这么开心了。

被单、褥单晾干后，要把单子横竖抻开。我俩一人拿一头开始抻，有时他用力太大，就会一下子把我拉到怀里。抻着抻着，他又使劲把我拉到他那边，像个大孩子。我装作生气地说："不许这样，咱们是在干活。"他说："连玩带干活多有意思。"

我们一边晾衣服一边聊天，我说："我给你讲个故事吧。我的一个病人得了肺癌，已经是晚期，一天她对我说，你如果有女儿可别找东北男人当女婿。我问她为什么，她说，东北男人不知道帮女人干家务，不像南方男人那么勤快。她还说自己的病全是累出来的，孩子的事，家务活全靠她一个人干。当时我就联想到我们科的徐大夫，她的爱人是上海人，每当徐大夫下班回到家，她的爱人早已把饭做好了。"

我问天羽："你怎么看？"他说："不能说东北男人不做家务，也不能说上海男人都做家务，不能一概而论，哪儿都有好男人。你看我这个东北男人不是挺帮你干家务活的吗？"

内心里，我承认天羽是个好男人。有了两个儿子后，由于我工作忙，常不在家，他替我做了很多，从无怨言。我能安心做好我的工作，他功不可没。我问天羽："为我付出这么多，你情愿吗？"他说："当然心甘情愿，因为你是我的爱人。当年二姐把你介绍给我，看到你的照片我就知道自己会永远爱你。"

从事治病救人的医疗工作，我一向全神贯注，不敢马虎，生怕出事。有时晚上回家，脑海中想的还是病人，特别是尚未确诊的病人，这样就难免常把家里的事忘在脑后。天羽对我好，处处为我着想，可是我有时对他关心不够，偶尔会为了一点小事向他发脾气，现在想起来懊悔至极。

有时早上他让我给找件衣服，我就会不耐烦："为什么老在我忙着上班的时候要我给你找衣服，我来不及了。""就知道上班要紧，难道我让自己的老婆帮着找件衣服都不行吗？"我的态度也会刺激到他："谁是你老婆？少说这种难听的话。""那我应该叫你什么？""叫薛大夫。""这又不是在医院。""为什么昨天晚上不说让我给你找衣服？""我觉得今天早晨有点凉。"最后，我还是把薄毛衣给他找了出来，然后急忙上班去。

路上在地铁里，我有点后悔不该这样对他。晚上下班回到家，我向他道歉："今天早晨的事是我不好，其实头一天晚上我应该主动问你需要什么。"他说："没事啦，本来早晨上班就紧张，我能理解，以后需要什么我会晚上提出来。"他接着问我："你是不是不爱听老婆这个词？"我说："是，我总觉得这个词不文明，有点不尊重妇女。这是我个人的感觉，也许是错觉。"他说："老婆就是妻子，好啦，以后我不用这个词了。"

一天，我对天羽说："我都有一年不在家了，明天去百货大楼购物吧，给你买件衣服，买双新皮鞋。"他不吭声。"你听见没有？怎么我一说购物你就头痛。""我就是觉得逛商场购物费时间，你自己去吧，有这时间我还不如在家看会儿书。""你就知道看书，购物也是生活的一部分，这次你一定要和我一起去。"最后，他还是答应陪我一同前去。

我们换了两趟车，赶到王府井百货大楼。路上他跟我说："买东西跑这么远的路，何苦。""逛商场是一种享受，又不是天天逛，让你出来换换空气轻松一下有什么不好。""你买东西挑来挑去的，我可没那么多耐心。""你现在这么点情调都没有了？谈恋爱时，我看你也蛮有情调的。""都四十多岁的人了，还跑到大街上讲情调！""谁让你在街上讲情调了？过去我一个人出来给你买衣服，常因为颜色或款式不合你的意，害得我再跑一趟给你换。"

那天回家的路上我们都很不愉快，彼此没有说话。

我深知天羽是一位好丈夫、好父亲。事业上他很优秀，为人忠厚朴实。他常出差不在家，去"四清"、去干校。为了我，他还放弃了不少疗养的机会，因为组织上要求疗养得有亲人陪伴，而我抽不出时间陪他出去。我每次下班回来得都晚，他总会把从食堂买回来的饭菜留给我，放在蒸锅里，我到家就能吃上热饭热菜。他安静地坐在我对面，看着我吃。为了支持我的工作，他承担了很多家务。他深爱两个儿子，为他们也付出了很多，为孩子买书更是花费再多也毫不吝惜。他曾对我说过，他父亲曾在老家创办了一所小学并任校长，受父亲的影响，他很喜欢读书。

天羽从干校回来不久，我们在老段府里的家由三室调整为四室，屋里宽敞些了，我们去买了一对沙发和一台缝纫机。一个星期天，我们带着两个儿子去公园，作为父母，我们越来越强烈地感到孩子们已经长大，都有些不愿意和大人一起出去了。全家一边玩，我一边给他们讲述我去西北医疗队的情况，他们都觉得，"和你去的地方相比，咱们在北京够幸福了。"我跟天羽说："当地的改水改厕工作虽然完成了，但医疗队撤离后，不知道他们是否还能坚持下去，我很是惦念。"

1976年，王宇已经参军，王朔还在读高中。那年夏天的一个晚上，我在睡梦中被床的剧烈摇晃惊醒，打开灯时，看到连灯都在来回晃动，我突然意识到发生了地震，一把抓起衣服，迅速叫起王朔和侄子（我弟弟的儿子，当时从太原来京过暑假）："快起来，拿好自己的衣服，快往外跑！"我又去叫醒来京过暑假的大妹妹的一双儿女，大家都跑到外面，院子里已经站满了人，有的只穿着内衣内裤。大家都惊慌失措，不敢进屋，站在院子里等待天亮。

　　天刚蒙蒙亮，我告诉王朔："妈妈马上要去医院看看，你要带好弟弟妹妹。"我回屋穿好衣服，拿着手提包往医院赶。邻居叫住了我："薛大夫，都什么时候了还往外走。"我说："不行，病房里还住着很多病人，他爸爸刚好出差不在家，家里先交给王朔了。"

　　当我赶到医院时，住在医院附近的大夫、护士也都陆续到了。院领导决定，各科按划分好的区域，把病人和病床都搬到院子里。办公室、治疗室、病历架也搬下来，组成临时病房。后勤人员则忙着搭地震棚。

　　一边搬东西，一边听到有人说："已经广播了，是唐山大地震，死伤很多人，房屋也倒塌了很多。"有人问我："薛大夫，你们家都交给你爱人了吧。"我说："我爱人出差，不在北京。"她说："那你们家谁管？""交给小儿子了。"他已经锻炼出来了，我去甘肃医疗队时，就是他和他哥哥两个过日子。"

　　满院子都是临时搭建的地震棚，安顿完毕，我们照旧按时查房、治疗。也有病人不愿住到院子里的，消极地说："我老啦，病也重，我不怕，我就住在楼里。"我们好言相劝："楼里没人了，病房也搬下去了，大夫、护士全在院子里工作，您老人家还是走吧！"病人却很固执："我不怕死，我不走。"我有些着急了："绝对不行，这里有危险。"在我们的再三说服下，病人终于下了楼。

等到医院的工作安排就绪，我回到家已经很晚了。家中的院子里也搭满了抗震棚，听王朔说，我家的抗震棚是邻居帮忙搭建的，里面已经放好了每个人的床。

在那些夜晚，家家户户都睡在抗震棚里，好在余震减少了，人们的紧张情绪有所缓解。大妹妹和她两个孩子的爷爷奶奶打来电话，"快把两个孩子送到上海，你们的孩子也过来吧。"我去买了火车票，让王朔送我大妹妹的一双儿女去了上海。孩子们一块儿走了，我也略微放心了一些。

地震后下雨是常事，有一天下大雨，我们打着雨伞蹚着雨水在院子里查房。查房过程中我感到有些头晕，坚持工作完回到抗震棚里的办公室，更觉得全身无力，一下子坐在了椅子上。张大夫关切地问我："你的脸色怎么这么红？"她把体温表递给我。"哎呀，你的体温都39.5℃啦，在发高烧。"

我看了一下，发现自己的小腿内侧有块红肿，摸上去很热，有疼痛感。我说："可能站在雨水中，脚被感染引起了丹毒。"果然，外科大夫也诊断为丹毒。我坐在办公室输注了抗生素，体温逐渐降了下来。连做了几天治疗后，很快痊愈了。

我所在的复兴医院原来是公安部直属医院，在改为地方医院后，还继续收治秦城监狱的特殊犯人，周总理特批盖了单独的三层楼作为病房。"四人帮"横行时期，院里收治了不少所谓的"重犯"。记得我查房查到少奇夫人王光美的病房时，她彬彬有礼，对医生很尊重，很客气，叙述病情很清晰。

粉碎"四人帮"后，江青、王洪文、姚文元、张春桥、陈伯达等人曾在此住院治疗，他们都穿着黑棉袄。查房时我见到江青，她头发墨黑，皮肤白皙，仍然做出第一夫人的姿态，十分傲气，渴望特殊待遇。其实她的伙食已经相当优待了，饭后还有水果。一次，因为她对一名护士的护理很满意，就要求她在下夜班后继续护理她。这种无理的要求自然不会得到我们的同意。我们找了看管人员向她解释，下夜班护士必须要休息，又找了有关部门做了很多工作才算解决。王洪文在我查房时总是抱怨见不到他的妻子，他很担心她的处境。姚文元在查房时话不多，问什么答什么，有书生气。张春桥是不论我们问什么，他都一言不发。我还记得那时陈伯达每天都在不停地写东西。

第二十一章　新时代，新生活

粉碎"四人帮"后，整个社会开始走上正轨，我们的工作和生活也渐渐正常了。干舅舅刘澜波已提升为电力部部长。天羽在"文革"期间因收藏文件所受的牵连也得到了平反。

我们去看望了干舅舅，他的身体还不错。时隔十年的重逢让我们都感慨万分。他的家庭在这些年里也发生了一些变化，最让我们痛心的是他的二女儿刘珏的病故。那是在"文革"初期，政局多变，她因父亲重新登上天安门观礼而兴奋过度，不幸猝死，年仅四十岁。她留下的两个儿子都只有十几岁。中学毕业后，他们和同学们一同去农村插队。小儿子刘小布长得很像母亲，性格也像。临离开北京时，小布到我家做客，天羽对他嘘寒问暖，还让我把他的新军装及军用绒衣送给孩子。

后来，干舅舅的大女儿刘珏也因急性心肌梗塞去世，年仅五十岁。两个女儿都先他而去，给老人的晚年增添了很多悲伤。而天羽的妹妹也是因心肌梗塞去世的，这样的家族病史让我很是紧张，就劝天羽去检查身体，心电图显示他的心脏正常，不过我告诫他在饮食方面要格外注意。

大姐的小儿子在"文革"中也来看望过我们，天羽也送给他一套新军服，后来他回忆起时对我说，当时能得到一套真正的军服，真是如获至宝。

二姐的小儿子刘小布后来历经千辛万苦回到北京，虽然已是局级干部，工作忙，每逢年节，他还是会提着东西来我家坐坐。在几个孩子的眼里，天羽舅舅是亲切的长者，也是令人尊敬的长辈。

"文革"结束后，我的两个儿子先后高中毕业，长成了高大健壮的小伙子，大儿子更是一米八的大个儿。当时他们只有两个选择：插队去农村，或者参军去部队。我和天羽商量后决定让他们参军，毕竟在部队大院长大的孩子，对军队是有感情的。

兄弟参军时的一家人

1976年，王宇去上海当海军，第二年王朔高中毕业，去青岛当海军。两个儿子都成了军人，我和他爸爸去送他们，看着哥俩身穿新军装、胸戴大红花的样子，我们很是欣慰。送走孩子们后，我心里有些难过，像他们这个年龄，本该是求学的时候，而国家那时候还没有恢复高考，实在令人遗憾。

后来国家恢复高考了，我问天羽："咱们两个儿子是不是也能参加高考？"他反驳我："参军服兵役能随便去高考吗？"可我说："'文革'后第一次高考，据说分数要求不太高，题也不会太难，这是一次好机会。"至今我还为两个儿子感到惋惜，文化大革命整整耽误了两代人。

那个年代医疗资源缺乏，来看门诊的病人非常多，大夫人数有限，所以各科都在限号，这样一来病人就只能一大早五六点钟排着长队等待，有时甚至排几天的队也挂不上号。院长要求各科解决限号问题，开大会那天，我代表内科上台表态：内科首先取消限号，让患者都能看上病。大家鼓掌支持，院领导也很高兴。门诊大夫们提高了看病速度，病房大夫查完房后也来支援门诊，大家加班加点，每天看完病人都要到晚上八点多钟才能下班。

分到内科的刚毕业的护士个个可爱又聪明，在护士长的领导下，她们的工作干得很出色，真正做到了视病人如亲人。

有一次，我值夜班，急诊室来电话说有急诊病人。我赶过去，看到躺在诊察床上的中年男性病人面色灰暗。问病史，他说下班后买了一袋米扛上楼，到家后突然腹痛难忍。经过检查，确诊为肝癌，癌结节破裂引起的内出血。外科将病人的癌瘤切除，我向外科提出，病人术后转内科继续抗癌治疗，按疗程进行系统化疗。经过数年的抗癌治疗，这位患者的生存期延长到了八年，这是一个非常成功的病例。

院党委决定让我做内科党支部书记和内科主任，身兼数职，我深感责任重大，下决心要补回"文革"给大家带来的损失。当时，科里开展各项业务活动，人人都积极地去图书馆看书、找资料，我们还抽时间去协和医院的图书馆看书借书。院里有时还请专家搞讲座。这些举措，都在不断地提高医务人员的业务技术水平。

天羽对我说："你白天忙一天，晚上又加班，不要命啦？"我知道他是在心疼我。后来，医院又组织业余外语学习班，有英语、日语，下班后大家都去学习。天羽问我："你学吗？""当然要学，不但学习英语，我还想学日语。这两个语种我中小学都学过，多少有些基础，学起来应该不困难。"他表示支持："好，有学习机会就应该去学。"

　　记得有一次，护士长对我说："咱们科的护士都到了婚嫁年龄，小王护士准备结婚，大家凑点钱给她买结婚礼物吧。"从此这就成了我们科里的规矩。

　　有一天，我刚查完房，坐在办公室休息，护士长进来了："主任，小李护士的婚事出了点麻烦，您得过问一下。"过了一会儿，小李来了，看上去眼睛有点肿，可见确实遇到麻烦了。她坐在沙发上说："我都要愁死了，有一个邻居男孩，从小就和我在一起玩，如今我们都长大了，也有了感情，就这么慢慢相爱了。我要和他结婚，可我的父母坚决反对，他们嫌弃他父亲是个木匠，还说他只是个小学教师，劝我死了这条心。后来父母气得还打了我一顿。"她一边说一边把袖子拉上去，"您看看，我身上青一块紫一块的，腿上也是，我哭了一夜。他们说你非要嫁给他，就永远离开这个家，不认我这个女儿。他们还把我上班骑的自行车扣下，不给我粮票。"听到这里我很震惊，就问小李："要不然我找你父母谈谈怎么样？""主任您去也没用，他们满脑袋封建思想，说不通。"我和科里的大夫、护士都非常同情小李："我们都支持你，家不能回就住在护士夜班室，我会动员大家帮你，不会让你挨饿。你的婚事父母不管，我们来管，全科的人都是你的娘家人，婚事我们帮你操办。"于是护士长号召大家给小李凑钱准备结婚。

　　听说男方为了婚事做了很多准备。我问小李："你们有房子住吗？家具是买的吗？"小李终于露出了微笑："公公单位分了新房子，家具是公公的徒弟们帮助做的。"

　　到了小李结婚那天，我通知内科除了留下值班人员，其他人都去参加婚礼。新房在新盖的一片家属楼里，房间布置得很好，室内色调很协调。小李告诉我，这是前两天护士长带着护士一块儿布置的，床上的被褥是由她爱人的姐姐给做的。

男方的老师们和我们的大夫护士共同祝贺他们不寻常的婚礼，男方的父母和姐姐对我们很热情。小李他们的婚后生活非常美满。

后来，小李的父母传话过来，跟他们要两千块钱，说是作为抚养她长大的费用。我跟小李说："你不要急着给这个钱，过一段时间等你父母看你们小日子过得挺幸福，再有个小宝宝带回家，喊声姥姥、姥爷，他们也就不会再为难你们了。"

第二年，小李生了个可爱的女儿，我问她："你父母还要那两千块钱吗？"她说："父母见到外孙女高兴极了。看我俩过得好，钱也就不再提了。"

天羽从总参调回政治学院（现国防大学）后，担任教学工作。我们家从东城老段府搬到玉泉路的国防大学大院，分到四室一厅的房子。那时天羽已经不太出差了，在家的时间很多。

我喜欢花，就在阳台上养了米兰、茉莉、石榴、文竹等好几种花，我告诉他："你现在的时间比我宽裕，浇花的任务就交给你了。等到花开了，香气芬芳的时候，我们一起欣赏，也有你的一份功劳。"

天羽知道我爱花，所以很用心地把花养好。渐渐地，他也喜欢上了养花，还每天留意报纸上的花展消息。记得有一次他和我去中山公园观赏郁金香花展，看到那里大片大片的郁金香，真是美丽的鲜花海洋。我们共同挑选了两盆郁金香买下，在家里就能看到艳丽的花朵，实在是很美好的事。

内科开会，要送大夫们去进修，由大夫自己选专业。肿瘤是威胁人类健康最严重的疾病，也是我们内科的弱项，我决定去进修一年肿瘤专业。随着九个专业组的大夫陆续进修回来，内科先后成立了九个专业门诊，业务技术水平又提高了一大步。当时医院缺少一门新专业——急救ICU，内科派了一名年轻的男大夫，我找到协和医院的同学，由他介绍这位男大夫进修，他学得很出色，后来在抗击"非典"中作出了贡献。

我们复兴医院接受了首都医科大学的临床教学任务，院长指示各科成立教研室，指定我为内科教研室主任。我们没有教学经验，一切都得从头学起。内科开会决定，走出去向有教学经验的医科大学取经。大学方面热情地接待了我们，悉心指导，我们的教学从无到有，逐步积累了经验。

对于医院来说，医疗、教学、科研三个方面缺一不可，内科的科研工作计划上马，但是搞科研要有先进的医疗仪器和设备，我便去找院长。院长的事业心非常强，答应如果我们自己想办法搞到外汇指标，就同意购买进口医疗仪器和设备。

我去找到在二机部工作的高中同学，她帮我们解决了十万美元的外汇指标。在院长的支持下，我们填写了购买各种仪器的申请单，由驻外商务代表办理购买手续。接下来，订购的医疗仪器及设备陆续到货，充实到内科的各专业组。

在大家的努力钻研下，内科在科研上取得了零的突破并获奖，我们较好地完成了医、教、研工作，内科还多次被评为先进集体。

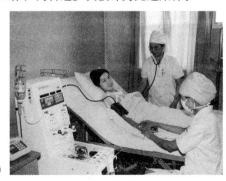

在工作中（中为作者）

有时，我在工作中也会急躁，不给人留情面。有一次，在有内科主治医和科主任参加的病历质量检查中，我发现刚分来的住院医病历书写不合格，就要求她重写，重写一遍不合格，再写。直到她重写到第六遍才算合格，然后她就哭了。作为上级大夫，我这样不留情面，现在想起来是难为她们了。还有一次，正开晨会时一位大夫迟到了，从后门溜进来被我发现，我当众点了她的名，使她很难堪。

　　后来，我也意识到自己对别人这种不分场合的批评有些不妥，会给人家增加心理负担。

　　那个阶段，我在家里也常发脾气，天羽对我很是忍让，还提醒我："你是不是到更年期了？"孩子们也这么说。他们一起提醒我，要适当克制自己的情绪。

　　1979、1980年，两个儿子先后复员，王宇在银行工作，王朔去了医药公司。可是，王朔想要静下心来搞创作，他说需要一年的时间，那就得辞职。我和他爸爸支持他的想法，尊重他的爱好和选择。他爸爸给他买了不少书，希望对他的创作有帮助。我去医药公司给王朔办了辞职手续，办完手续后，刚好遇到王朔从楼下上来，也许是和孩子生活在一起，我从未觉得他与其他同龄人有什么不一样，这次看到他的同事们，我觉得儿子确实有一种和旁人不一样的气质。

　　王宇上班后，单位允许他在职学习金融专业。经过努力，他顺利考入中央财政金融学院，拿到了经济师职称。王朔则每天写作到深夜，几乎达到了废寝忘食的程度，手指都被笔磨破了。有好心人对我们说："我就不同意你们对小儿子的纵容，辞掉那么好的工作去写什么小说。若是我的孩子这么干，我就撵他走，睡马路我都不管。"天羽劝我说："他说的有他的道理，丢了铁饭碗是有些可惜。不过咱们对孩子的选择有自己的看法，不必在意别人的眼光。"这件事我们始终没有对儿子说。

王朔完成了自己的写作计划，用一年的时间写出了《空中小姐》这部小说，发表后第二年，他荣获《当代》文学奖的"新人奖"。后来这部小说还被拍成了电视剧。在写作上，王朔很勤奋，出书速度很快，第一本书出版后，他接连又写出了不少小说。

我和天羽忙于各自的事业，难得坐在沙发上谈起两个儿子。有时说起他们，我们便感叹尽管在他们的童年里我们没能给予太多关怀，但是两个儿子仍然都事业有成，过着充实的生活。

和老伴儿在一起

我说："两个孩子童年在幼儿园，那时我整天早出晚归，你也经常出差，等到他们上学时又赶上文化大革命，他们是在动荡中长大的。""他们没赶上好时候，我那时真怕他们学坏。""我何尝不是这么想。有的职工的孩子学坏，犯法了就被取消户口送到新疆去劳改。"天羽说："我们单位有位干部的两个儿子都进了监狱，他们的母亲连急带气，生病去世了。"

两个儿子还小的时候，我回到家如果看不见他们，就立刻去院子里到处找。有一次，找到一间房子里，发现大院里的孩子们都在。我把儿子叫出来，让他们跟我回家。当时我的行为可能孩子会不理解，虽然叫他们回来时他们什么也没说。可那个年代的父母都是如此，整日忙于工作，又因为怕孩子学坏而提心吊胆。

1985年，两个儿子分别到了该结婚的年龄。王宇有了意中人，是银行的同事。据王宇说，她是个精明能干、事业心很强的女孩。我对天羽说："儿子们的婚事由他们自己做主，我们千万别干预。"他完全赞同我的想法。

直到有一天，王宇回来说："我们准备结婚了。"听到这个消息，我们都很高兴。我问："房子问题能解决吗？"王宇说："我们写了结婚报告，单位会给分配房子，很快能拿到钥匙。"我说："房子能解决就很好。关于家具、床上用品，你们不要操心，我们来安排。"

我和天羽受邀去女方家里，亲家是地方干部，他们热情款待了我们。操办婚事总需要一台电视机，可那时买电视要票，正巧科里发给我一张电视机票，便给他们买了一台。

兄弟俩都有了各自的小家庭

两年后，小儿子王朔也有了意中人，是一个搞文艺的漂亮女孩，举止文雅，人也很聪明，有事业心。女孩是知识分子家庭出身，父亲是工程师，母亲是医生。我们同样支持王朔自己的选择。他们还没有住房，婚后暂时住在家里。两位亲家在外地，每当他们来北京时，我们自然都热情接待。生活上，我和儿媳也算相处融洽。

第二十二章 赴日研修

　　天羽到了离休年龄，他离休在家，嘴上总说终于可以歇歇、安度晚年了。我问他："离休后是不是有点失落感？""我会慢慢适应的，再说，又不是我一个人离休，邻居也有做伴的呀！"

　　那时，我仍然早出晚归忙着工作。有一天，上班查完房后，有人通知我到院长办公室。"中国国际交流协会要派五名医生去日本研修，我们医院派一名内科医生。院领导研究决定安排你去，交流协会决定让你担任五人研修团的团长。"院长接着说："这可是重任，是代表国家去的。协会会告诉你们应该怎样做。"我听了有些不知所措，稍稍定了定神。院长说："院里马上开办日语口语班，你可以参加，提高口语水平。听说你的日语是有基础的，医学交流应该不成问题。"

　　离开院长办公室，回科里的路上我喜出望外，做梦也没想到院里给我这次机会去日本，而且恰好是去大阪——大阪是我出生的地方。回到家里，我兴奋地把这个好消息告诉了天羽，他听了当然也为我高兴，问我去多久。"三个月。""是谁出的资？""由日方全程接待。"

　　不久，医院发给我出国制装费，要到指定的地方做衣服。我对天羽说："这回你得陪我去啦。"他说："我现在是个大闲人，当然应该陪你去。"这次他很有耐心，陪我选料做衣服，买好了出国需要的东西。

1987年12月15日，在院方和家人的欢送下，我们一行五人离开北京，当日下午抵达日本大阪机场。把行李取出来后，却没有看到日方来人接。一个小时、两个小时过去了，下飞机的人全走光了，只剩下我们五个人和行李箱，大家都焦急万分，心中纳闷为什么初到日本就受了冷落。

我找到了日方联系人的电话号码，交流协会在我们临走时发给每人一万日元，可在机场无处换零钱。正在发愁时，旁边有位日本老人问我："你们有什么难处吗？你们从哪里来？"我告诉他："我们从中国北京来，换不了零钱，不能打电话。"他立刻从衣兜里掏出一些日元硬币说："拿这些钱打电话吧。"

我立刻给日方医院的中村先生打电话，他深表歉意："实在对不起，我们没有接到北京的电话或电报，现在马上去机场。"日本老人看到我们电话已经打通，就要走。我把剩下的硬币还给他，可他说什么也不要："留着你以后再用。"我们只好再次谢谢他。

中村先生和忌部院长开车来到机场，院长说："事先未接到你们抵达的确切时间，所以尚未准备妥当，今晚只能住在机场宾馆了，明天再接你们去公寓。"我向院长道谢，大家入住整洁而舒适的宾馆，焦急和疲劳烟消云散。

日方安排的公寓离医院不远，是个幽静的地方。忌部院长说："由中村先生负责你们的生活，你们先休息两天，再谈研修事宜。"中村先生是位年轻人，热情又能干，对初来日本的我们态度友好又亲切。

日方的小山董事长邀请中国驻大阪领事及大阪医药界人士为我们召开了热情洋溢的欢迎会。小山在日本开设有多家医院和药厂，很富有，我们在日本的一切费用都是由他出的。在研修期间，日方医院免费供应午餐，还给我们开工资，这些优厚待遇都是中国国际交流协会与日方商量好的。

我们这次赴日进修，事缘小山董事长的一位好友。他的这位朋友告诉我们："我是日本侵华时的飞行员，当时飞机失事，我落到了八路军手里做了俘虏。经过教育，我认识到日军和自己的罪行，想以实际行动赎罪，现在力所能及地为中国人民做些有益的事情。"

我问他："你什么时候回到日本的？"他说："中华人民共和国成立后多年我才回国，回国后我一直想报答中国对我的恩情。后来我找到好朋友小山，和他谈起我的愿望。我们一起去过中国，和协会共同制定了这项交流计划。"

蓝野医院有现代化的大楼，楼内外非常整洁，医院里有各种先进的医疗设备。四周有大片草坪，虽然已是冬天，依然鲜花盛开。

日方的内科主任为我们安排了详细的研修计划，我们和日本医生一起参加查房、病历讨论及学术研讨会，还可以到图书馆复印需要的资料。

日本的医院没有午休，我们饭后稍事休息便接着工作，休息室里有免费供应的咖啡、茶、点心。下班前偶尔会被通知，主任请吃晚餐，我们就和日本医生一同前往，还参加卡拉OK，主任有时也利用这个时间安排工作。

在这里，要求二十四小时内为新来的病人完成包括CT在内的全部检查并出具报告，辅助检查的各科室全天候运转，不受下班影响，这样才能确保在第二天上级大夫查房时，住院医生能够完整地汇报病情并提交一切检查资料，使病人得到及时的诊断与治疗。

如果一年之内没有科研成果或论文，医生到年底就会被解聘，自找出路，所以医生们非常勤奋，当然他们的待遇也相当高，另外也允许医生每周抽出一天时间到其他医院工作，另拿一份工资。

我发现，在日本的医院里女医生非常少，我所考察的医院内科只有一名年轻女医生。她好奇地问我："像您这样已经做母亲的医生，怎么放下孩子和丈夫出国研修呢？这在日本是绝对做不到的，可见你们是真正做到了男女平等。"我反问："你这不是也和我们一样在外面工作吗？"她说："这是我自己争取来的。医科大学毕业后不久，我就结婚了，我要求出来工作，丈夫不同意，但我很坚决，最后他提出条件：第一，有了孩子你自己带。第二，孩子有病你自己管。如果需要照顾，送娘家让你妈管，婆婆不管孩子。第三，家务事你要一人承担。我答应这些条件才能出去工作。日本是男人的社会。"

后来我注意到，每天一下班她就立刻开车去幼儿园接孩子，再去超市买菜，估计接下来就是回家做饭、整理房间、洗衣服、等丈夫回来。整天忙忙碌碌的，她坦言自己很紧张，很累，她告诉我："现在好多女孩不愿结婚，在日本，结婚后参加工作的妇女还不到2%。"

和他们一起查房时，我发现有个病房里都是三十岁左右患有酒精性脑病的年轻女病人。我问日本医生："她们这么年轻为什么患了这种病？"医生告诉我："是精神上的苦闷造成的。这些病人中多数是在丈夫上班、孩子上学后，独自在家，天长日久觉得孤独，对生活失去信心，借酒消愁，酒喝多了就患上了这种病，发病的时候会失去理智，像精神病病人一样。"

除了在医学交流上获益匪浅，在日本期间我们还了解到了不少当地的风土人情。科里有的大夫、护士，也包括中村先生很积极地跟我们学中国话，还专门去买学习教材，他们都表示了有机会去中国走走看看的强烈愿望。

忌部院长还告诉我们："读中学时我就学到了孔子的教导，我很崇拜他。我还很喜欢李白。"我注意到他的桌子上放着李白的诗选。

有一次参加学术活动，医院派车送我们前往，院长正好坐在我旁边。他和我聊起往事："日本战败后，国内的情况非常困难，没饭吃没工作。后来经过全民努力，齐心合力建设家园，去国外留学的人毕业后也都回国效力。我们能有今天，完全是大家努力奋斗的结果。我们做父母的时常教育子女，不能忘记战败后的困境。"

在日本期间，我们和日本医生相处得很融洽，他们也很尊重我们。在假日里，医生河本先生热情邀请我们五个中国同行去看歌剧《飘》，演出很成功。除了看歌剧，他还招待我们吃午饭和晚饭，和他的妻子、孩子一起去游乐园玩。他告诉我们："我在美国留学时，一到假日，美国人都各自回家了，孤独的滋味让我很不好受。我有这方面的体会，怕你们在日本想家，我和妻子就想办法在假日让你们过得快乐。"河本先生的妻子是半个中国人，在车上她告诉我："我是小儿科医生，从小生在中国，战败后随父母回到了日本，那时我已经上了中学，会说中国话，不过现在大多忘了。"

另一位关本医生也常请我们去他家做客，他去中国餐馆买来半成品，给我们做中国饭，有时也请我们去吃西餐。中村先生则利用假日带我们去奈良旅游。

哥哥从国内来信，告诉了我小时候在大阪的住址。一次外出，我向中村先生询问，他说："今天路过时我会告诉你。"当车子经过时，他指给我看："这里就是你儿时生活的地方，如今已经是繁华的商业区了。"

蓝野医院的忌部院长先后安排我们参观了制药厂、医疗仪器厂，我们还去了关西医科大学、大阪医科大学参观学习，极大地开阔了眼界。我表示非常想去东京国立癌中心参观学习，董事长不好安排，我写信向哥哥求助，他联系到了留学时的同学丸山先生。和哥哥几十年未见的这位老同学很快给院长写来邀请信，并负责我去东京的一切费用和安全保障，还把时间安排表一并寄到。

很快我就收到丸山先生寄来的新干线特快往返车票。他在信里还告诉我，到车站接我的是他的妻子，手里捧着粉红色的蔷薇。第二天，丸山先生送我去国立癌中心，见到肿瘤内科主任安达勇先生。他带我参加他们的查房，了解他们面对各种癌症病人的诊断手段及治疗方案、获得的疗效。他说："日本政府非常重视癌症的诊治及科研，国家投入了可观的科研资金，设备非常先进，是世界上一流的。"

中午，安达勇先生请我吃饭，一开始我们用日语对话，意想不到的是，他突然用中国话和我交流起来。我吃惊地问他："你会中国话？"他说："是啊，我在中国长大，从小学到高中都是在中国读的书。父亲是军医，战败后留在中国继续当医生。到我高中毕业时父亲年纪已大，我们就回日本了。"

作者在日本东京国立癌中心考察工作

在国立癌中心参观学习了两天，我还遇到了从西安来日本研修的大陆留学生，还有台湾来的留学生，他一听说我是从北京来的，喜出望外，对我说："咱们都是中国人，我多想去北京看看长城、故宫，还想看看北京的肿瘤医院以及几个大医院的手术，你能帮我联系吗？""当然可以，欢迎你去北京。你计划什么时候去？""台湾当局控制非常紧，我必须在日本留学期间去北京，回台湾后就不可能了。"我们坐在休息室，聊起各自的学习情况，相谈甚欢。

在东京，丸山先生夫妇还请我参观了国立博物馆、长谷观音、鹤冈八幡宫、NHK，还参观了武田制药厂、宇宙卫星工厂。他还特意把哥哥在日本留学时的照片带来给我看，指着照片中的哥哥和他自己说："我非常怀念那段友情，希望能有机会再见一见你哥哥。"

短短的东京之行很快结束了，我和丸山先生夫妇依依不舍地告别，乘坐新干线返回大阪。

紧接着，为期三个月的赴日进修也即将结束，虽然学习时间并不长，但每个人都有不同的收获。临回国前，董事长先生为我们召开了隆重的欢送会。丸山先生还用快递寄来我在东京拍的照片及带给哥哥的礼物。日本友人的情谊让我们感到了温暖与友爱，我们带着不舍的心情踏上了归国的旅途。

第二十三章 五十年后的团聚

回到北京后，医院给了我们几天假在家休息。两个儿子、儿媳工作比较忙，家里只有我和天羽，我们聊聊天，谈谈我在日本的所见所闻。想起在日本的经历，再联想到中国，我感慨地说："如果没有文化大革命，我们在医学领域的发展也许会和日本一样，整整耽误了十年啊。""你是不是有点崇洋媚外？""当然不是，可是你看我们用的医疗仪器，大部分都要用外汇从日本进口，还有一些是美国货，我的心情很复杂。"

上班后，我接到在东京国立癌中心研修的那位台湾留学生的电报，他告诉我来北京的时间，我按时接到他，安排他住下，又请假陪他游览了长城、十三陵地下宫殿、故宫，他深为这些名胜古迹折服。我还与肿瘤医院、三〇一医院、友谊医院联系好，邀请他参观了手术。"大陆的外科手术技术如此高超，是我难得的学习机会。"他还留下了在台湾的地址："希望你有机会去台湾看一看。"

没过多久，我们几位医生又接待了来自大阪的河本医生一家，请他们吃中国餐，游长城，也联系了几家大医院，邀请他参观手术。

又要搬家了，1989年6月，我和天羽由从国防大学大院搬到国防大学第二干休所，但愿这是最后一次搬家。新家的房间更加宽敞些，还有个大阳台。那时已经有双休日，我们在阳台养了不少花，每天下班回来和周末总要去看看那些花花朵朵。精心培育的杜鹃花开了，我赶忙叫天羽一起来欣赏，他对花的喜爱已经不亚于我了。

从日本回国后最让我感到高兴的，是小儿子王朔有了个可爱的女儿。我和天羽都喜欢女孩，孙女的出生可乐坏了我们，她是全家的掌上明珠，简直成了小公主。和孙女在一起的日子让我和天羽充分体会到了晚年的天伦之乐。

一家三代人

小儿子王朔有了自己的房子和车，他们搬走了。考虑到他俩都很忙，我们让小孙女留下，由保姆照顾，他们假日回来看孩子。我虽然每天上班，但下班后回家第一件事就是关心孙女一天的生活。由于工作繁忙，大儿子王宇和儿媳表示不要孩子，我和天羽尊重他们的选择。

为孙女过生日是一年中全家最幸福的日子。事先我会和天羽商量买什么礼物并提前买好。生日晚餐时，全家一起说："这是送给你的生日礼物！"小孙女高兴得不得了，笑得像一朵花。大家围坐，边吃边聊，其乐融融。

我仍然每天忙着医疗、教学工作，特别是在肿瘤专业方面，我深有感触：病人虽然患了癌症，忍受着病魔带给他们的痛苦，但都有强烈的求生愿望。作为医生，无论在实际工作还是言行上，我都尽力争取给他们带去温暖和希望。

对晚期癌症病人，我从不会对他说"这病已经没法治了"，那会使他马上陷入绝望，消极的情绪对病人的进一步治疗非常不利。我会尽可能地表示体贴、关怀，想方设法减轻病人的痛苦，使病人在所剩不多的生命里，感受到人间的温馨。在工作中，我最大的快乐莫过于病人治愈或病情缓解，笑着出院。晚期癌症病人往往虽经多方治疗仍难免离开人世，那是我最难过的时刻，家属对我们的努力表示感谢和理解时，我心里会更加不好受。

时间过得很快，转眼间我也到了离休年龄。我们复兴医院办分院，决定让我去担任位于丰台的分院院长，继续发挥余热，领导们相信我能够管理好分院的工作。

回到家里，我和天羽商量，天羽说："咱们不去当这个院长行吗？""大概不行，目前实在没有其他合适的人选。"天羽有些无奈，但仍然支持我："既然非要你去，病人也需要你，那你就去吧。好在你的身体还不错，家里有小保姆帮助做家务就行了，放心吧。"

分院的工作开展得比较顺利，办公室主任说："会议室的墙上挂满了病人送来的锦旗，再来锦旗可没地方挂喽。"我把这些看做是病人对我们的鼓励，我们所做的无非是医生应该做的。后来，我接到人事科的电话："薛主任，全院有两名医生得到国务院首次颁发的政府特殊津贴，其中一位是您。"听到这个消息，我很激动，这是给我莫大的肯定和鞭策。

嫩绿的小草偷偷从土里钻了出来，花儿争相开放，又一个春天悄悄来临了。那些日子，我总是时时沉浸在对童年的回忆里。当时，我们五兄妹都先后离退休，安排一次离别五十年后的团聚是大家共同的心愿。

趁着那一年的五一假期，我们相聚在西安，弟弟的儿子盛情接待了我们。五兄妹相见时，虽然都已年过半百、头发花白，可大家欢聚到一起好像又回到了童年。久别重逢的欢乐令我们忘掉自己早已是老人了。

大家在一起谈天说地，回忆往事，共同重温快乐而美好的往日时光，重温曾经共同拥有的那个美满温馨的家。回首这些年各自的人生经历，不能不说，父母作为儿女们的榜样，激励着我们兄妹五人。大哥是大学教授，弟弟是放射科主任，大妹妹是高级工程师，小妹妹是中学教师，我是内科主任医师，我们都没有辜负父母的期望。

在公园里，我们高声唱起儿时的歌曲，仿佛时光倒流，又回到了童年时代。短短的相聚，我们依依不舍。我的工作比较忙，于是第一个离开，他们送我到机场。"我们还会再见面，"我说，"我们还会再相聚，虽然我们天各一方。"

第二十四章　孙女眯眯

　　孙女叫眯眯，长着一张可爱的小圆脸，小嘴很会讲话，笑起来很甜。见到大院里的老人，孙女就一口一个爷爷好、奶奶好，大家都喜欢她。一次，我不小心摔了一跤，把腰摔疼了，她急忙跑到我面前问："奶奶你腰疼吗？我给你揉揉就不疼啦。"她用小手在我腰上揉着，一边还问我："还疼吗？"第二天，她又来关切地问我。两岁的孩子就这么懂事，让我心里热乎乎的。

孙女眯眯

　　天羽教她下棋，她就和爷爷静静地坐在那里对弈。她若是赢了，就高兴地拍着小手欢呼，要是输了她可不干，非要再下，直到赢了爷爷为止。天羽总是让着她，我能感受到他是多么疼爱这唯一的孙女。在孙女的眼里，天羽是慈祥和蔼的爷爷，她很爱爷爷。

　　每当大人给她讲故事的时候，她就会坐着一动不动地听着。兔妈妈啊、大灰狼啊、卖火柴的小女孩啊，这些故事我们给她讲来讲去，她会说："奶奶你不要讲了，我来给你讲。"渐渐地，她能自己看有图的幼儿故事书了，有时一看就是一两个小时。

有时，孙女也会干"坏事"。有一回趁我们没注意，她把阳台上两盆石榴花的红色小花和花蕾全部摘下来，放在她玩过家家的小碗里当"菜"。当我到阳台上看见她兴高采烈地忙乎着"做饭"时，和气地问她："眯眯，怎么把石榴花都摘光了呀？你这么做，它们再也不会开花了。"她抬起小脸，得意地说："我把它们做成菜啦，等我做好了请爷爷奶奶来吃。"

她看到什么都好奇，曾经背着我们把油桶盖拧开，把食用油全倒在地上。阿姨发现了，大叫起来："快来看啊，眯眯闯祸啦。"这下可累坏了阿姨，她费了很大工夫才把地上的油擦干净。我没有批评孙女，而是教育她："这是炒菜用的油，这样就不能吃了，多浪费啊，以后可不能再倒了。"

我们都爱给眯眯买衣服。我曾在超市给她挑选了一件衣服，她穿上很合适，颜色也好看。那几天，她妈妈也给她买了一件衣服。别看眯眯还不到三岁，心眼很多，她说："奶奶，我爱穿你给我买的这件衣服。"但到周末，她还是要换上妈妈给买的衣服。我问她："你到底喜欢谁买的衣服啊？""都喜欢，妈妈要回来，我要穿上妈妈给买的衣服，她看到就会高兴的。"

眯眯五岁开始学弹钢琴，看得出来，她不太喜欢学，是大人逼着学的。每次老师到家里来教钢琴，都是我陪着她学。在优雅的琴声熏陶下，我也爱上钢琴曲了，我和天羽都喜欢孙女的两只小手弹出的优美旋律。

一晃孙女到了上学的年龄。每天她都很早起床，动作迅速，由阿姨送她上学。有一天，她和阿姨等公交车上学去，车迟迟不来，孙女着急了，拉着阿姨的手说："我们快走着去上学吧，不然会迟到的。"她急得都要哭了，车仍旧不来，阿姨只好和眯眯走到学校，还好没迟到。后来我买了一辆三轮车，由阿姨每天送她上学。

有一天，眯眯放学回来，一进门放下书包就哭了。我纳闷地问："怎么啦？"她说："奶奶，我这次没考好。才得了七十分，考试那天我很快就把卷子做完了，第一个交了卷。老师指给我看，我才知道卷子的背面还有题，我没看到，只完成了一半就交上去了。"

孙女有时会拿着不懂的数学应用题来问我，让我帮她解题。午睡时，老伴对我说："是不是就显你懂得多呀！眯眯怎么老问你啊？""这么点儿小事，就值得你吃醋呀，谁说我知道得比你多？在医学方面我当然比你懂得多，但在别的方面，比如历史、地理方面，你就比我懂得多。"果然，有一次眯眯问我的数学题我没有解开，找爷爷，他给解开了。

我觉得天羽在离休多年后，思维方式有些和从前不一样了，有失落感，这我能理解。孙女上小学二年级的时候，有一天饭后说："咱们家奶奶上班，我上学，阿姨做饭，还送我上学，我们都忙，就是爷爷没事干，还拿工资。"童言无忌，这番话也是对他的触动。从那以后我就特别注意，孙女有问题就让她想着去问爷爷，免得他闷得慌。

一个星期天，王朔夫妇回来，他们原想带眯眯出去玩，可是，和往常一样，孙女要做作业。做数学应用题的时候，她感到有难度，我和她商量："要不咱们再做几道？"她同意了，我就又给她找了几道题。这时，王朔过来着急地问："还没做完作业？"我说："又找了几道题让她做。"

王朔就有点生气了，埋怨我逼眯眯学习。那次他对我意见挺大，坚持要把孩子领走，还说："星期天就应该让孩子出去玩。"我真是有苦难言，这就是两代人对孩子的教育方式有所不同，一个是宽松的，一个是严格的。不管哪一种，都是为孩子好。

孙女爱看书。她上初中时，暑假里我带她去北京图书大厦买书。走进宽敞明亮的图书大厅，到处都是书，孙女欣喜地奔向书架。我给她挑了一本《鲁滨逊漂流记》，一本《钢铁是怎样炼成的》，她自己挑了《巴黎圣母院》等好几本书。

我发现她看书的速度很快。她说："奶奶，《红楼梦》有点看不懂。"我就告诉她："你还小，等到高中再读吧。"她抱着《鲁滨逊漂流记》不撒手，几乎一个晚上就看完了。在读《钢铁是怎样炼成的》时，她有些不耐烦，跟我说："书里的人物为什么要这么苦，我不理解，看不下去。"我对她说："奶奶年青时就读过这本书，这是一本好书。保尔是个坚强而有毅力的人，我们那一代人都很崇敬他。他的精神是年青人应该学习的。"孙女有自己的见解："那是你们那个年代的想法。""保尔的很多精神现在也应当提倡啊。"我想可能是不同年代的人有不同的价值观，也有不同的阅读取向，也许等孙女再大一些就会理解了。

我和孙女说好，上课期间晚上不看电视，只能在周末、假日看，她答应了。但是有一天，她对我说："奶奶，我的作业全做完了，看会儿电视行吗？""不行，我们不是说好了除假日不能看电视吗？"我看出她很不高兴，但她还是遵守了诺言。

每逢假日，她都会看电视到很晚，我又要求她晚上十点半必须关电视，她也答应了。当我发现她没有照办，便会提醒她。等了一会儿她还在看，我就打开她的房门，把电视一下子关掉。后来我意识到这实在是不理智的愚蠢行为，即便是担心她看电视时间过长影响学习和视力，也不该这样简单粗暴。

在孙女的书包里，我发现了《武则天》这本书，她说是从学校图书馆借的。我怕她上课时看小说，在她未发现时把这本书收了起来。

放学回来后，她问我："奶奶，我书包里那本借的书呢？""给你收起来了。""为什么？""怕影响你上课。""奶奶，我不是上课看，是中午休息时间看。奶奶，我对你有意见。"

现在想起这几件事，我想是伤害了她的自尊心。我表现得不够宽容，不能与孙女求同存异、相互理解。她其实是个很懂事的孩子。当时我总是想，应该像我小时候那样，只要学习好，拿到第一名就行了。现在想起来，毕竟时代不同了，要发挥孩子的特长，让孩子有自己的空间。有事应该和她商量，尊重孩子的意见。

孙女住校了。一个风雨交加的晚上，气温骤降到10℃。想到孙女可能会冻得打哆嗦，我在家里坐不住了。我对天羽说："我去给眯眯送毛衣，她只有单衣，可别冻坏了。"他说："已经晚上九点了，这样刮风下雨电闪雷鸣的，你怎么去？恐怕出租车都打不到。"我只好打电话到大院司机班，要车去学校。

我拿上两件毛衣，坐上车时心急如焚，恨不得立刻赶到学校。大雨猛打在车窗上，视野一片模糊。

到了学校，我在宿舍楼里见到了生活老师，就问起眯眯的情况，她说："都在食堂吃夜宵呢，很快就出来，您来给孙女送衣服啊？"这时我看到有些家长也在等着孩子，手里都拿着衣服。

一会儿，食堂大门口出现了三五成群的学生们，缩着脖子往这边跑过来。我看到孙女穿了一件大褂子，嘴唇冻得发紫。我问她："冷吗？"她说："冷呀！""穿的是谁的衣服？""跟同学借的。"我赶紧把毛衣递给她："快回宿舍换上吧。"

大雨还在下，我坐在回家的车里还在想，是什么力量促使我这么大年纪在风雨交加的夜晚还不顾一切地奔向学校送毛衣，大概这就是难以割舍的亲情吧。

孙女初三下半年去美国读书，她爸妈忙，让我给办了中学退学手续。2007年，孙女考上了美国一所名牌公立大学，我们全家兴奋不已。后来她妈妈说："眯眯在美国的学习成绩一直很好，不过上大学后，她也得加倍努力才行。"我说："她考上这所大学真不容易，这与你这几年的辛苦和教育有关，是你的功劳。"她妈妈说："这和您给她从小养成认真学习的好习惯也有关。"她爸爸王朔在一旁急了："怎么说也有我的一份功劳呀！"

王朔送女儿入学

眯眯在美国的学习成绩很好，生活也很开心，我也就放心了。一直和我们生活在一起的孙女突然去了美国，最初的日子我们都很不适应，常常感到孤单，非常想念她。特别是天羽，还会因为想念孙女而流泪。我劝他说，孙女放暑假就回来了，他才止住了泪水。儿子教我学会了用电脑，我也学会了收发电子邮件，平时我与孙女就可以在网上互通信息了。

第二十五章　祸不单行

　　老伴天羽有高血压病，一直在服用降压药控制。1999年的冬天异常寒冷，他说："今年天气太冷，我不想出去活动了。"整个冬天，他几乎都在家里看书。一天晚上，我们看完电视准备休息时，发现他右腿活动有些不灵。凭着做医生的经验，我着急了："要立刻去医院急诊。"我要了车，带天羽赶到医院急诊室，脑CT检查证实是脑梗塞，右侧偏瘫。住了院，天羽的病情急剧恶化，昏迷不省人事。虽然医生们积极抢救，他的体温还在逐渐升高。

　　当时正赶上春节，大夫、护士轮休。我找了个护工叫小李，由他日夜看护天羽。大年初一一大早我就赶到病房，看到天羽仍呈昏迷状态，面部潮红，呼吸急促，在吸氧、输液。护工小李说："白天、晚上都在输液。"问体温，护士说："39℃。"我一听就急了，赶紧去找值班大夫。

　　"大夫，您值班，病人体温39℃两天未退，物理降温也不退，这怎么行？必须尽快把体温降下来，不然病情会恶化。现在呼吸也急促，是不是合并肺炎了？要不要加强抗炎治疗？两天不见效是否要更换抗生素？"

　　听到我一连串的问题，这位年轻的男军医有点不耐烦："主管大夫已经安排了抗生素，在输着呢。"我说："输了几天抗生素，体温不退反而升到39℃以上，说明这种抗生素对他无效，是否考虑换药？"他又说："已经用药，再观察一天，或者等明天主管大夫来查房时再说。我是值班大夫，病人多，我忙着呢。"

听到这番话，我有点压不住火："值班大夫就是要处理病情有变化的病人，他已经不能再等着观察了，必须立刻采取措施，否则会有危险的。"见他还不采取措施，我开始不客气了："如果你不能处理，是不是应该请示上级大夫？"他看我急了，就说："好吧，我请示上级大夫。"

他让护士找二线大夫，过了一会儿值班主任来到病房。他汇报了病情和家属要求，值班主任看了看病人，翻了一下病历，说："我是值班主任，关于你提出更换抗生素的要求，一般情况下，值班大夫不更换，得等主管大夫来。再说，病人现在不是用着药嘛。"我说："这不是一般情况，您去看看他的体温，一直在升高至39℃以上，呼吸急促，我怕他合并肺炎，要查他的发热原因呀。我的意见是，现在用的抗生素要更换，不能再等了，否则会出危险的。"他问我："您是医生？""是。"他又说："一种抗生素，用在病人身上总要观察三五天，他用的已经是比较好的广谱抗生素了。"我说："病人用药两天，体温不但不退反而上升，呼吸更急促，您如果不能给病人紧急处理，我就找院长。你们不能因为现在是春节假期而耽误了病人治疗。"他看我坚持，只好说："再换更高级的进口抗生素试试。""不管是国产药还是进口药，有效就行。"

换药后，当天下午天羽的体温就逐渐降下来了，晚上已降至37℃以上，呼吸也渐渐平稳。令人哭笑不得的是，第二天早晨，这位值班主任还得意地对我说："我给病人换的药很有效，体温已经接近正常。"

后来床边拍片证实天羽确实是合并肺炎，白细胞也高。经过积极治疗，随着体温降至正常后，天羽的神志也逐渐清醒。看到他的病情好转，我们都非常高兴。两个儿子、儿媳、孙女眯眯都拿着鲜花来探望他。孙女说："爷爷，您睡了好几天才醒来。"

天羽的病情虽然逐渐好转，但是右侧肢体仍然不能活动。护工小李比较细心，按时给他翻身擦澡。我每天下班后便到医院看他，赶上双休日就早晨到医院。有一天早晨，护工小李去吃早饭，天羽难过地对我说："是我拖累了你。"边说边流下眼泪，弄得我忍不住也哭了。

一个月的治疗配合功能锻炼后，天羽的肢体仍不能活动，我着急了。后来他转入康复病房，加强了肢体功能锻炼，但效果还是不明显，语言恢复也慢。王朔主张去康复中心住院治疗。天羽很担心自己瘫痪在床上，我能理解他的心情，对他说："康复治疗并不是综合医院的强项，我们转到北京市康复中心去治疗，对恢复更好。"他点点头。

我对儿子说："康复中心是地方医院，需要自费，而且费用较高。"王朔说："您不用担心医疗费，我来负担，关键是希望爸爸经过治疗能站起来走路，您去联系吧。"

我和王朔去康复中心看了一下，离家较远，但环境很好。当时床位满了，我找到那里的科主任，他答应一定抓紧床位周转，让天羽尽快住上院。没过几天，主任给我打电话，通知我有床位了，于是我们安排天羽马上住院。

天羽在部队医院住了整整两个月，转院时还得抬着担架，谁能不着急。王朔给了我一个三万元的活期存折，说是给父亲的医疗费。他又忙着去买了轮椅送来。护工小李也跟着来到康复中心。那里病房宽敞明亮，走廊很宽，院内绿化得不错，还有室内喷泉，病床宽大舒适。我对天羽说："这所康复中心在国内也属一流，你要听大夫的安排，做好各种康复治疗。"

我仍然下班后去看他，假日给他送些爱吃的菜。天羽怕我辛苦，说："不要送了，这里伙食还好。"我说："医院伙食再好，也不如家里的饭菜做得合胃口。"

又经过了将近两个月的治疗，天羽可以站立了，也能自己洗脸漱口了。可后来他有些不耐烦了，不肯按医生订的计划治疗，要求提前练肢体行走。如果不同意，他就坚决要求出院。

经过练习，天羽很快能自己从病房走到大厅，他自信地说："我可以出院了。"我们全家都劝他住够三个月，完成一个疗程，他勉强同意了。

三个月一到，天羽坚决要出院，一天也不多住。天羽的倔犟让我无可奈何，只能由着他的性子。可是，医生告诉我："他提前练行走，肢体基本功锻炼不够，肌力未达到要求标准，需要拐杖支撑，独立行走不能持久。"

考虑到天羽出院后需要随时观察病情，我向我所在的医院提出辞去工作，以便专心在家照顾天羽。院长说："医院的病人需要你啊，希望你能留下来，你家里不是还有保姆吗？""保姆只能在生活上照顾他，是不会观察病情的。"院长说："要不然上半天班行吗？"我坚持："不行。"院长还在劝我："每周来查房两次可以吧？"我还是拒绝了。院长说："我很希望你能继续发挥医术特长。"我只好说："如果有需要会诊的病人，可以打电话给我，这样我可以在家照顾老伴。"院长终于同意了我的意见，这样，我于1999年正式退出工作岗位，开始了离休后的家庭生活。

同年，大儿子王宇突然胸痛，到医院看急诊，经X线片及CT检查后，证实为胸腺瘤，后来决定在大医院由著名医学专家做肿瘤切除。儿子进入手术室后，我们家属和他的同事们都在休息室焦急地等待结果。手术室的门打开了，主任告诉我，胸腺瘤是恶性的，发现已晚，但肿瘤已切除。

我看到了切除的肿瘤，如遭霹雳，恶性肿瘤竟然长到了大儿子身上！我不能把这个结果告诉老伴，他的健康状况经不起这种打击，我也没有告诉王朔，只有我和大儿媳知道病情。我瞒着他们说，肿瘤是良性的，王宇很坚强，手术很顺利。我对王宇说，虽然是良性肿瘤，但也需要做放疗以及免疫治疗。

后来，王宇按时完成了放疗和相关治疗，情况还不错，伤口有点痛，但痛得不厉害，他还让我放心。可王宇的病理报告显示，血管内有癌栓，这说明癌细胞已进入血行，他的寿命最多只有两年。这个结果我只能埋在心底，没有勇气告诉家人。我多么希望大儿子能愉快地度过最后的人生道路。术后，王宇感觉良好，那一年里他去了几个东南亚国家，玩得很高兴，回来后还给家人带了礼物。

王宇在美国游览

过了些日子，王宇又对我说："我想去美国看看。"我问他："和什么人去？""和同事去。""你身体感觉怎么样？""很好。"我想还是应该让他去，便同意了。半个月后他从美国回来，我看他身体不错，稍瘦了些，精神也很好。他特意从美国给当时还在国内读书的侄女眯眯买了衣服。他非常爱这唯一的侄女，一有空闲时间，特别是在侄女放假时，就带她出去玩。

2000年，我发现王宇面色逐渐潮红而且有些肿胀，皮肤变得粗糙，分析应该是癌细胞分泌的激素所致，但没有说出来。我劝他去内分泌科检查，后来他住进北京一家知名大医院的内分泌科，作了全面复查，胸片未见异常，但CT片证实两下肺有米粒样转移灶，已属癌症晚期。经全院肿瘤内外科专家会诊，都认为此类肿瘤化疗无效，只能一试，王宇同意了。医生征求我的意见，我提出，病人的面孔表现出满月脸，似乎有上腔静脉压迫综合征，需要解除。经过专家们的意见交流，建议再进行一次手术。王宇对第二次手术抱着极大的希望。我和大儿媳还有他的同事们又在手术室外等着，盼着。手术结束后，医生说取出了三个肿大的淋巴结，切除了胸腺。

术后恢复较好，大儿子以坚强的毅力和战胜疾病的决心完成了两个疗程的化疗。当我看到他那一头棕色的漂亮头发陆续脱落时，他倒先安慰我："掉光了还会长出更漂亮的头发，他们都说我的头发颜色是当今的流行色。"我说："是的，还会长出更好的头发。"他当着我的面永远是一副乐观的姿态，还说化疗没有太大反应，只是吃饭的感觉不佳。王宇告诉我："医生对我的病很重视，翻阅了大量国内外资料，还安排肿瘤专家会诊，用的都是最好的新药。"其实医生在决定这些治疗措施之前征求了我的意见，我说："只要儿子同意，我没有意见。"

每次我到医院看望大儿子，问他哪里不舒服，他都说："不痛，没什么。"其实我心里明白，他怕我难过，没说真话。一次我去医院看他，从窗外看到他似乎感到有点恶心，憋气难过的样子。我看在眼里，痛在心上，当时我真想能替他承担这份痛苦。当我推门进去时，他马上露出微笑，问我是怎么来的。"坐地铁从王府井下车的，很方便。"他还问："爸爸身体怎么样？"我告诉他："他很好，每天看报看杂志，晚上看电视。"

我从医院回家，告诉老伴："大儿子王宇的病虽然经过了各种治疗，恐怕仍然难治好，医生们尽力了。"我一点一点地透露，为的是让老伴有思想准备："因为是恶性的，发现晚了。"老伴不问了。我把王宇的病情也告诉了王朔。

　　此后，我到医院看王宇，刚到病房，他的手机响了，是小保姆打来的："奶奶你快回来吧，爷爷哭着说王宇出事了，他见不到儿子了。我怎么劝也不行。"我说："让爷爷接电话。"我在电话里告诉天羽："王宇挺好，他没事，放心吧，我一会儿就回去。"

　　王宇化疗结束后进行了复查，我去见医生了解结果，令人失望的是，化疗无效，我知道医生已经无能为力了，我说："谢谢你们为了我儿子的病所做的一切。"坐在医生办公室里，我在想，王宇曾跟我说，医生护士都说你母亲身体多好啊，为什么儿子会得这种病。我真想把我的身体换给他！想着想着，我控制不住自己的情绪，泪水夺眶而出。

　　回到病房，坐在儿子面前，我默默地流泪说不出话来，儿子是个聪明人，他从医生那里了解到双肺已有转移，见到我流泪，他知道自己不会有太长的时间了，不由得也流下了难舍的眼泪。母子无言相对，我从儿子的眼神里看得出他渴望活下去。是我把他带到这个世界上来的，如今眼见他的生命将要结束，作为母亲我内心的痛苦无法形容。我突然意识到自己的泪水会给儿子带来更多的伤痛，就控制住自己，说："医生说没事，经过化疗会好起来的，你要相信一定会好起来的。"儿子也马上说："我相信会好起来的。"

　　我每次去看王宇，走的时候他都要下床送我到楼梯口，还要嘱咐我走路小心。大儿媳下班后去看他，他常偷着换上衣服溜出病房，到外边餐厅和妻子一起吃饭。大儿媳让他点爱吃的菜，但是菜端上来，他只是看看，已经没有了胃口。听到这些，我会告诉他："做完化疗胃口不好是自然的，过一段时间就会好起来。"

王朔和妻子也多次去医院看他，王宇会高兴地告诉我："今天王朔来医院看我啦。"他期盼弟弟的到来，因为他从小就爱着这唯一的弟弟。我说："他忙，但他会抽时间来看你的。他惦念着你的病，常问我你的病情。"

在王宇生病期间，我时常不由自主地回忆起和两个儿子在一起的欢乐情景。记得当大儿子即将出生的时候，我和天羽满怀希望地迎接他的到来，他是第一个加入我们家庭生活的孩子，那是多么令我们快乐又满足的大事！

记得在南京，姥姥和老姨来，她们把一岁多的王宇藏起来。我和天羽下班进门边喊他的名字边找，找到了儿子的藏身之处，大家一片欢笑。

刚去幼儿园时，弟弟王朔小，哥哥王宇也只比弟弟大一岁多，但他每天都到小班给弟弟穿衣服、收拾床，晚上帮着脱衣服，抱到床上盖好被子，他才回到自己的班里。

王宇化疗结束准备出院，我去看他，他告诉我，医院从昆明来了一名中医，那个中医对他说："你去我的医院住院，我能给你治好病。"我对儿子说："你刚做完化疗，昆明那么远，中药你能喝得了吗？再说，要吃中药北京也有很好的中医。"但求医心切的大儿子坚持要去。我对大儿媳说："实话说，以我对医学的了解，西药无效，中药也同样无效。"大儿媳说："中医说能治他的病，就去看看吧，也许有效呢，哪怕能缓解也好。他一直是西医治疗，这回就试试中医吧。我已经把机票买好了，我陪他去。"

不到半个月，他们就回来了。大儿子说："吃了中药胃很难受，全吐了出来，也吃不下饭，只好中止中药治疗。"

第二十六章　丧子失夫之痛

回到北京，王宇在家休息。几个月后一个星期天的早晨，他打来电话："胃痛得厉害，吃胃药后还痛。"我告诉他："要立刻去医院看急诊。"放下电话，他们去了附近一所医院的急诊室，接着打来电话说："医生给注射了一支止痛药，疼痛仍然没有缓解。"我说："请大夫再详细检查，比如心电图等。"过了一会儿，陪他去的战友来电话："阿姨，您快来吧，正在抢救呢，怕是不行啦，静脉都扎不进去，要做静脉切开。"我一听知道不好，马上告诉老伴："我要去医院，大儿子胃痛，我去看看他。"

下楼时正好碰上王朔夫妻俩带着眯眯回来。我让孙女上楼，对王朔说："咱们立刻去医院。"坐上他们的车，我道出实情："王宇怕不行啦，正在抢救，万一有事，暂时不要告诉你爸爸。"

车开到医院急诊室外，已经有几辆大儿子战友、同事的车停在外边，我知道出事了。大儿媳在外面等着我们，告诉我："他不行了，走啦。"我被这突如其来的噩耗惊呆了，直奔急诊室，看到大儿子的战友、同事们都站在那里。当见到儿子平静而没有呼吸的面容，我的眼泪倾泻而下，控制不住悲伤而哭泣起来。他离开人世去天堂了，我永远失去了他。我抚摸着王宇的手，看到他的指甲是紫绀色，难过极了。他才四十四岁就英年早逝，怎能让人不悲痛呀！

大儿媳对我说："昨天晚上我们在楼下花园里聊了很长时间。当时他精神很好，很兴奋，我怕出什么事，上班时没开车，把车留在家待用，由他的几个战友陪着他，没想到真出事了。"

"他曾说有一天他离开人世时，希望葬在一棵大树下。"王宇的战友说。

在王宇生病期间，他的战友和同事轮流来看望他，其中有些战友还是从外地、国外赶回来的。在大儿媳的安排下，他的身边二十四小时都有人陪伴。有一次我去看王宇，他对我说："他们是不是认为我快要死了，所以赶紧都来看我。"我劝他："你误会了，战友知道你生病来看你，是一种友情，这和死有什么关系？"

我和小儿子共同做老伴的工作，告诉他："医生已经尽了全力治疗，但是癌症晚期是医生无能为力的，王宇已经离开人世了。"老伴听到这个消息立刻泪流满面，提笔写下了"王宇千古安息"。

大儿媳为王宇挑选了一个精美的玉石骨灰盒，王朔为他哥哥在公墓买了一块墓地，就在大树下，墓碑是黑色大理石。葬礼那一天，大概有上百人来公墓向王宇告别。

王宇的墓碑显得很特别。墨黑的大理石墓基上，托着一块天然的褐红色灵璧石，上面刻着金色草书"我在这里也有朋友"，好像告诉大家不要为他难过，他在这里很好，不寂寞。老伴和我在儿子的墓碑前老泪纵横。

大儿子去世的消息通知了他的两位姨后，她们都很难过、震惊，不敢相信这是真的，在电话里哭泣起来。他的三姨从南方赶到北京，参加了外甥的葬礼。没过多久，老姨也特地来北京到墓地凭吊。老姨告诉我："王宇手术后曾去沈阳看过我，他还向我倾诉了术后的痛苦难熬。"王宇术后从未向我表露过这些，他是不想增加我这做母亲的痛苦。

在王宇生日那天，我又和王朔去墓地看他。墓碑上已经放着好多束鲜花，我们也为王宇的生日献上了一束白玫瑰。我对着长眠地下的大儿子说："我们来看你了，生日快乐。"看到墓碑上他微笑的照片，我多想和他多待一会儿。那天，我注意到王宇的两位同龄人手捧鲜花站在那里，我们准备离开时，他们走上前来："阿姨，您好，我们是王宇的好朋友，刚从国外回来，今天是他的生日，来看看他。我们会常来看他，他不会孤单的。"

我们在给王宇扫墓时，遇到一位墓地职工，她正在擦着墓碑。她告诉我："有位年轻人在您儿子墓碑周围种上了这些小松树，他常来给这些小树浇水，现在都长这么高了。"这片小松树，长得绿油油的，簇拥在大儿子的墓碑旁。

从我们一家人到他的战友、同事，大家都深深地怀念王宇，他是如此善良、孝顺、热心助人。他的战友们曾对我说，他们多数人都得到过王宇的帮助。记得多年前，老伴患病住院输液，医院要求晚上有人陪伴，王宇主动表示："我下班后陪爸爸。"我说："让弟弟也来陪，和你交替，一人一天。"他不同意，说："弟弟住得远，您又每天上班，年纪也大了，还是由我一个人来吧。"他还不让我告诉他弟弟。后来大儿媳告诉我，他陪爸爸到第七天时，次日就要去日本出差，可是头一天晚上还在医院陪床。

王宇就是再忙也总会抽空回来看望父母，和我们谈心聊天。他看到我每天上班拎的手提包有点小，也有点旧，就提议我换个大些的新包。我说："没关系，还能用。"他又注意到我戴的手表是个小圆表，字小，就问："这么小的字能看清楚吗？"

没过几天，王宇买了个大些的黑色牛皮手提包，还有一块瑞士名牌手表。他把这两样东西送给我说："这块表字大，查房给病人数脉搏和心跳都方便了。"我自己都没在意的事，他却那么上心。

看到父亲穿的皮鞋，他觉得那双鞋老人穿着并不舒服，就又去买了一双皮鞋给他爸爸："这鞋穿上很舒服，走路也轻快。"他给父亲也买了一块字大的手表。

王宇还请我和老伴、他的侄女眯眯去海南旅游。他和妻子陪伴我们游览南国风光，到三亚看海。蓝天碧海连成一片，天涯海角的景色让人流连忘返。孙女眯眯和小朋友们在海滩上尽情玩耍，我和老伴看到她开心的样子，好像也回到了童年。

这些让我难忘的温暖瞬间，在大儿子过世后不断闪回在我的脑海里，伴随着老年丧子的巨大痛楚，令我久久无法释怀。

王宇去世后，我非常想念他。怕引得老伴也难过，我就到别的房间端详着大儿子的照片，心如刀割。差不多有将近半年的时间，我几乎每天晚上都因为思念大儿子而辗转反侧，泪流满面，甚至要靠安眠药帮助睡眠。

大儿媳搬到此前新买的大房子去住了，我独自去了大儿子生前住的房子，把灯全都打开，屋里的家具摆设和从前一样，非常洁净，这是他很要好的一位战友帮忙打扫的。在大儿子重病期间，他请假日夜照顾他，后来我就让他住在大儿子的房子里。

大儿媳开车回来接我和老伴去她的新居，房子挺大，装修得也很考究。我们坐下来聊天，她说："这房子是我和王宇一起挑选的，他看中了我们才买下来，可惜因为迟迟没有装修好，他一天也没住上。"她还颇有感慨地说："人活着时没觉得怎么样，我还常挑他的毛病。当他不在了，我才感悟到他对我的关怀。假如饭只够一个人吃，他宁肯饿着自己也要让给我吃。天下很难找到这样的好丈夫了。"

王宇去世后，我和老伴长时间沉浸在白发人送黑发人的伤感情绪中。一个春暖花开的日子，我们在外边散步，看着鲜艳的杏花、桃花，曾围绕我们多日的凄凉心情渐渐消退。我对老伴说："咱们要个车去中山公园散散心吧，已经很多年没去了。"记得孙女眯眯小时候我们带她去中山公园玩过，那里树木高大、花草茂盛，宽敞而幽静，游人也不多，老伴很喜欢那里。我们决定十几天后的五一劳动节再去逛一逛。

几十年来，作为医生的我整日忙于工作，有时为了疑难病例去查找资料，为了写论文、为了备课、为了学外语，我经常忙到深夜。在离休的这些年，我总是感到给儿子和老伴的爱太少了。

"虽然大儿子走了，王朔其实也很会关心父母。现在我们都老了，我要好好陪你安度晚年。"我宽慰老伴。

"你在我的眼里永远年轻，有了你，是我一生的满足。"老伴说。

老伴儿

以前我有时会抱怨老伴不够细心，不会用语言来表达自己的情感，后来才知道，他是个将情感藏在心底的人。

两个儿媳都很有上进心，都不是贪图安逸、只顾自己小家庭的人，她们对我和老伴很孝顺。孙女眯眯活泼可爱，和爷爷奶奶很亲。能够在平静、祥和中度过晚年，我很知足。

一天晚上，睡梦中我听到老伴的哭泣声，我起来走到他的床前问："怎么了？""我想大儿子。王朔和儿媳要把孙女送到美国读书去，我舍不得孙女走，我看不见她就想她。"我劝他："王宇去天堂了，他在那里一定很快乐。孙女去美国上学，放暑假时会回来看咱们的。别伤心了，对身体不好。"他停止了哭泣，我把他的眼泪擦干。

那几天老伴心情不太好，我就拉着他去阳台看花，考他各种花的名称，有些他能答出来，个别的答不出来，还不好意思地说："忘了。"

我发现他的脸色不太好，就问他："不舒服吗？"他摇摇头。凭着做医生的经验，我还是决定马上去医院。晚饭后我要了车，和小保姆陪他一同去医院挂了急诊，立刻住院，很快查出他患的是急性心肌梗塞。短短四天，老伴就因抢救无效而与世长辞了。

不到一年的时间里，我失去了两位亲人，眼看着大儿子和丈夫相继离开人世，这给了我致命的打击。天羽去世离五一劳动节只差两天，我没能实现和老伴一起去中山公园散步的心愿。失去儿子的伤痛还未完全平复，这一次突如其来的打击更使我悲痛不已。我尽量保持理智，站起来擦干眼泪忙后事。

记得老伴生前对我说过："等我有那一天，丧事要从简。"遗体告别的日子，除了我们家人、亲戚外，只有少数几位领导和同事参加。告别厅里，一身戎装的老伴静静地躺在鲜花翠柏中，身上覆盖着鲜红的党旗。我走近他，看着他一头黑发梳得光整，没有一丝白发。我端详着他那安详的面容，眼前闪过他曾经的飒爽英姿，在悲痛中，我向他三鞠躬告别。

他走了，走在我的前头。我庆幸他不必经历亲手埋葬我的痛苦，不必经历我走后的孤独。我不愿意让他承受这些，他会经不起的。

第二十七章　我与王朔

接下来的日子，我继续被悲伤和孤独包围。我采取回避的态度，怕别人问到老伴，那样我会止不住泪水。我听忧伤的音乐，去人少的地方散步，以求内心的平静。

当兄妹们得知消息后，纷纷来电话劝慰我，帮我渡过难关，小妹妹还专程从外地赶到北京来陪我。在京的几位同学也来安慰我。大院里的邻居和昔日的老同事给予我的同情与劝慰让我心存感激。

孙女眯眯和二儿媳也都从美国回来参加葬礼。我们为天羽选了一块墓地，黑色大理石墓碑，用金色草书刻着老伴的名字。葬礼那天，天阴沉沉的，只有家人、亲戚和好友在场。孙女捧着爷爷的遗像走在前头，王朔捧着父亲的骨灰盒跟在后面。我们捧着鲜花走到墓碑前，王朔双手把父亲的骨灰放进墓穴中，我把一本他未读完的厚书和一副老花镜同时放进去。大儿子的战友替他为父亲在墓碑前种上了小松树。我含泪对老伴说："大儿子在这里和你做伴，我们也会常来看你，你不会寂寞的，安息吧。"

告别了繁忙的工作，我真想有一个平和、幸福、宁静的晚年，可是老伴却离我而去。老伴走后，我越来越懂得生活中最宝贵的东西不是你所拥有的物质，而是陪伴在你身边的人。他对我的爱那么真挚，为这个家付出那么多，想起这些，忧伤不时地向我的心中袭来。

在孙女回美国读书前，王朔陪着我和眯眯去景色优美、空气新鲜的香山散步，他让我们住进香山饭店，还带我们乘缆车上了山顶。站在山顶，一望无际的郁郁葱葱的松柏令我感慨万分，当年我和天羽带着两个七八岁的儿子爬香山，能一路爬到山顶。而如今老伴和大儿子已经不能和我们一起重游香山了。

过去王朔很忙，每逢节假日回来，他们就去眯眯的房间，和一周未见的宝贝女儿亲热。吃过晚饭，有时会带着眯眯去看电影，有时连个招呼都忘记和我们打，开车就走了。他没有时间和我们聊天，那时老伴就说："儿子大了，都成家立业了，我们不必替他们操心。"

老伴离去后，王朔始终努力地帮助我排遣心中的郁结，促使我尽早走出心理困境。为了让我顺利地出行散心，解除抑郁的情绪，他很细心地忙里忙外，关心我外出的一切准备。他特地给我买来手机，以便随时和我联系。每当我出行，他都叮嘱要买软卧下铺的车票，这样对于老人既安全又方便。他送我们进站，一直送上车厢找好位置才离开。我的小妹妹说："王朔多细心啊！头一天他就先到车站了解车子该停在哪里，软卧休息厅该怎么走。"在火车上，王朔还打来电话问我一路上感觉如何。

为了调整情绪，我先去了成都的大妹妹家，然后去每个兄妹家拜访。小妹妹陪着我旅行。在成都，我们三姐妹有更多的时间谈心。她们说："姐，我们是你的亲妹妹，很关心你，我们可以通过电话谈心，你不会感到孤独的。"两个妹妹还陪我游览了成都的名胜古迹。他三姨对我说，王宇曾提着月饼看望她，还宴请了她们全家。"当时我都忘了说一声谢谢。如今他已经走了，我欠他一声谢谢。"

一番旅游，我和小妹妹一同回到沈阳的家。沈阳是我生长的地方，故地重游仿佛将我拉回到童年和少年时代，那里有太多值得回忆的故事。我曾就读的小学已经重建，仍然是一所重点小学。中学也是如此。我们又北上去哈尔滨的哥哥家，那是一座有东方小巴黎之称的美丽城市，马路整洁，建筑（特别是教堂）有浓厚的欧洲风格。兄妹团聚非常难得，从松花江到太阳岛，他们的热情款待让我感受到了亲人的温情。

干休所组织去北戴河旅游，邀请我去，我愉快地接受了。那是我去过多次的地方，但这次的心情大不相同，是我一个人去。我喜欢大海，它既有咆哮也有平静，我早早起来走到海滩，坐在礁石上，望着温柔又宁静的大海，想起离我而去的亲人，不禁黯然落泪。

在国内走了那么多地方，王朔建议我出境旅游。我想了想，欧洲去过了，日本去过了，还是去已经回归的香港、澳门看看吧。

香港很繁华，街上人来人往。在那里我见到了从前的老同事，她已定居香港二十年了。她来到我住的宾馆，见到我高兴得像见到了亲人，滔滔不绝地向我倾诉。她问我："你的老伴为什么不和你一起来，他怎么啦？"我把发生的一切告诉了她。她说："你老伴没受什么痛苦就离去是他的福分，我们都老了，总要有这么一天，又不可能一起走。你有个深爱你的丈夫，应该满足了。你的身体还好，要坚强起来。"

我关切地问她："你怎么样？在香港过得好吗？""我的婚姻是个错误，他从来就没有爱过我，我要是知道，早就离婚了。我们常常吵架，到了这个年纪，他居然有了第三者。后来我从电话中追查到那个女人，他承认了错误，答应不会再发生这种事了。"她说，"可我永远不会原谅他。如果你总也没有我的消息，那就是我走了……"我忙劝她想开点："你可别乱想，坚强起来吧。"

在亲人和朋友们的关心下，我深深地感到亲情、友情的可贵，逐渐从困境中走了出来。

从香港返回，飞机在首都机场降落，一走出机舱，刺骨的北风迎面而来。我边走边张望，看到王朔在向我招手，估计他已经等了好久。亲情化作一股暖流涌向全身，驱散了北京冬日的寒气。王朔接过旅行箱放进车里，把车门打开。我坐上车，王朔问我："冷吗？"我说："不冷。"儿子的孝心早已温暖了我。

自从老伴去世后，王朔几乎每个周末都回来看我。我给他做好了饭等他回来，他喜欢家里做的饭，我们共进晚餐。后来他就早些过来和我一起做饭，再后来他说："咱们出去吃饭吧。"我知道他怕累着我。我告诉他："不必每周都回来看我，我身体挺好，你也忙，节假日我可以去你那里住几天。"

每次他走，我都要送他到楼梯口，然后转身站在走廊的玻璃窗向外看，直到他的车开出我的视线，我才慢慢回到冷清的屋里。房间里静悄悄的，只有我的脚步声，空留思念陪伴着我。因为有爱才有了思念，我就这样静静地、默默地想着他们。

作者和王朔在一起

每当我到王朔那里，他都特别高兴，总说："你多住些日子，这里环境很好。"我明白儿子可能不放心我一个人生活，毕竟我年纪大了，身边也没有人陪着。他那里房子大，院子里有树有草坪，小河流水，空气新鲜。但是他很忙，我在他那里住久了也寂寞，还是想回到干休所，早晨参加晨练，还能和同龄人聊聊天。

孙女、二儿媳从美国放假回来，我们一同坐车外出。我坐在副驾驶座上，王朔问我："跑这么多路你累吗？"问得我心里热乎乎的。我们出去吃饭，他会找一个空调吹不着的地方让我坐。有时我们一起做饭，他总说："我会做饭，你休息吧。"他抢着做。我看他做饭还挺在行，炒的菜挺可口。他还会包饺子、包包子，包得挺漂亮。我问他："都是跟谁学的？"他说："是在部队当兵时学的，我帮过厨。"这时我才意识到对儿子的了解还是不够。有时饭后他会主动要求洗碗："我来洗，你坐着休息，看电视吧。"

2006年的一天，我给王朔打电话，告诉他我听说《看上去很美》的电影在我们附近不知哪个电影院演。不久，他的一位朋友来电话请我去看。我很高兴，在一家不错的电影院看了这部电影。我问他："怎么想起请我看这部电影？""王朔这段时间比较忙，没时间陪您看电影，是他委托我请您看的。"听了他的话，我很为儿子的细心感动，也感谢这位朋友的热心。

王朔的两个姨来北京看我，他请她们到他家做客。王朔对两位姨的感情很深，中午请大家到饭馆吃日本料理，他说："生鱼片你们还吃得惯吗？我记得第一次请我去饭馆吃饭的就是三姨。"他还回忆起儿时两个姨给他买冰棍都买一毛一根的，而我这当妈的只给他买三分一根的，难得小时候的事他还记得这么清楚。晚饭请我们吃西餐，他说："第一次请我吃西餐的是老姨。"我在儿子小时候都没请他去饭馆吃过饭，唯一一次想请他吃饭，还因为当时我患了丹毒没有请成。

我心里始终牵挂着儿子王朔，希望他健康，过得幸福。当然，两代人的价值观不同，我们对一些问题看法也不同，也会有争论。我能体会到他对母亲的爱，但不管儿子多大，母亲总是把他当孩子看。虽然他已经是中年人了，我仍然会"干涉"他："你的头发怎么理成这样了？"或者，进到他的房间指手画脚："该开窗换气了。"也许他对这些话有些厌烦，认为我还在管教他，其实这只是做母亲的对孩子的一种爱。每次说完我也后悔，觉得不该像对小孩子一样对待他。

王朔有时也管我。有一次他告诉我："你穿衣服该把上衣下摆放在裤子或裙子外边，这样就不会显出腰了。"记得大儿子也曾提醒过我，年龄大了就不要穿连衣裙了。我懂得他们的意思，他们是在关心母亲的形象。

只要是王朔小说改编的电影，我都尽量去看。八十年代我给首都医科大学的学生上课，有一天上午有些学生着急地说："中午只能买个馒头夹块咸菜吃了，得赶去看电影。"我问他们："看什么电影啊？""《一半是火焰，一半是海水》，可好看啦。"我知道这是根据王朔小说改编的，就立刻说："我也去看，帮我买张票吧。"我们赶上了中午那场，电影院里座无虚席。

当年为了工作我早出晚归，特别是小儿子来到这个世上才五十六天，也就是我的产假刚满时，我就离开他去执行任务，到湖北防治血吸虫病去了。那时他是多么需要得到母亲的关爱和呵护，却失去了和母亲接触的机会，这给他幼小的心灵蒙上了一层阴影。

然而如今我们母子总是彼此惦念着，从内心里爱着对方。为了我出行方便，王朔还给我送来了一辆车，专门雇了一名女司机，这是他对老母亲的一份孝心，我很知足。

王朔曾经参与红极一时的电视连续剧《渴望》的策划，那部电视剧是当时家家户户晚上必看的。我的同事刘大夫曾对我说，她白天打不起精神。我问为什么，"就是晚上看你儿子他们拍的《渴望》呗，再困也得看完，一集也不能漏掉。"后来，王朔又参与创作了《编辑部的故事》这部电视剧，也很受欢迎，我和他爸爸同样一集不漏地看了。

我看到有的评论说王朔是语感极好的作家，他的小说语言如行云流水，酣畅淋漓，是诞生在城市民间的，是丰满、富于生命活力的语言。我也知道有些人不喜欢他的小说，这是自然的，他的小说我也并不全都爱看。但王朔的每一部小说都倾注了他的心血，在我的眼里他很勤奋，写作很不容易。作为母亲，我过去由于上班忙，没有时间去看他的作品，如今离休，我终于有时间好好地读一读，来感受一下他的文字魅力。他写的新书，我也都准备好好地读一读。

　　作为母亲，我不愿意看到王朔骂人，也不愿意看到别人骂他。在《我的千岁寒》出版之前，他曾经说了些不靠谱的话，我从报纸上看到那些报道，心里不赞成他那样说。在凤凰卫视《锵锵三人行》节目中，我看到他在滔滔不绝的谈话中不时地口带脏字，感到很不舒服，我想他肯定知道应该文明地说话。其实，在生活中，在我的面前，他说话是从不带脏字的。

　　王朔在青岛当过兵，他曾经说过，那时他当卫生兵，一个人住在门诊所，下班后就开始写小说，一直写到半夜十二点多。那时他写了二十多篇作品，在《解放军文艺》杂志上还发表了短篇小说《等待》。后来，我们从广播电台听到演播这部小说，还收到了他寄回家的那期杂志。

　　一天，晨练结束，我看见一辆儿童车里躺着个可爱的孩子。我问旁边的大人："他多大啦？""六个月。"这让我回忆起王朔六个月时的情景。我抱着他从南京迁到北京，那时的我是多么幸福。如今他已长大成人，有时也会让我生气，但他也带给我很多温暖。他有颗善良的心。王朔非常爱他的女儿，我们全家都爱她，她是我们的希望。因为有了她，我们的生活才更加有盼头。

　　对于母子之间的误会以及看法的不同，我不怪王朔，是我们从小太娇惯他，他爸爸更是娇惯他。那个年代做父母的都忙于工作，夫妻、孩子之间聚少离多，我们很少和孩子们沟通交流，却时常以长辈的身份管教他们，与他们的距离慢慢拉大，为此我至今还会感到内疚。记得王朔曾对我说，他早已原谅了妈妈。我希望在以后的岁月里，我们能和睦相处。

每年我都催王朔去体检，今年他把检查结果给我，除了血脂高些没有其他问题。我告诉他应该吃什么药，他答应我会注意饮食，我也就放心了。

在这里，我想对儿子说："妈妈永远爱你。"

后记

　　我不是作家，做了一辈子医生的我，几乎只读与医学有关的书籍，小说读得更少。我自知文字水平有限，写作也很艰难，不过这都没有妨碍我实现写一部回忆录的心愿。虽然文字未必尽如人意，但终于付梓，也算圆满。

　　回首往事，我对党培养我成为一名军医心存感激，在医疗事业上，我只是尽了一名医生应尽的职责，党和人民给了我很多荣誉。还要感谢我的领导、前辈以及共同工作的大夫、护士们的帮助和支持，更要感谢我的家人——丈夫和儿子们给我的最大的理解。这本回忆录的完成还要谢谢我两位妹妹的指点，还有外甥小布的帮助。

　　在这本回忆录的定稿中，我也得到了文艺界、出版界几位专业人士的建议，在此一并致谢。

　　最后我要向小儿子王朔表示谢意。他得知我想写回忆录后，送来了一些书，帮助我提高写作水平。

　　在大家的热情指导帮助下，如今这本回忆录终于成书，静静地放在读者面前。

图书在版编目（CIP）数据

一家人/薛来凤著.—北京：华艺出版社，2009.11

ISBN 978-7-80252-197-1

Ⅰ.—⋯ Ⅱ.薛⋯ Ⅲ.回忆录—中国—当代 Ⅳ.I251

中国版本图书馆CIP数据核字（2009）第197178号

一家人

责任编辑：黑薇薇 刘方

出　　版：华艺出版社

社　　址：北京市海淀区北四环中路229号

电　　话：（010）82885151

传　　真：（010）82884314

印　　刷：北京市顺义兴华印刷厂

开　　本：1/32

字　　数：140千字

印　　张：5.875

版　　次：2009年12月第1版

印　　次：2009年12月第1次印刷

书　　号：ISBN 978-7-80252-197-1/I·511

定　　价：19.80元